中华先锋人物
故事汇

邓亚萍

打不败的"小个子"

DENG YAPING
DABUBAI DE "XIAOGEZI"

余雷 著

党建读物出版社　接力出版社

图书在版编目（CIP）数据

邓亚萍：打不败的"小个子"/余雷著．—南宁：接力出版社；北京：党建读物出版社，2024.4
（中华人物故事汇．中华先锋人物故事汇）
ISBN 978-7-5448-8484-6

Ⅰ.①邓⋯ Ⅱ.①余⋯ Ⅲ.①传记小说－中国－当代 Ⅳ.①I247.5

中国国家版本馆CIP数据核字(2024)第037078号

邓亚萍——打不败的"小个子"
余雷 著

责任编辑：朱晓颖 李晓丹
责任校对：阮 萍 王 蒙
装帧设计：严 冬 美术编辑：高春雷
出版发行：党建读物出版社 接力出版社
地　　址：北京市西城区西长安街80号东楼（邮编：100815）
　　　　　广西南宁市园湖南路9号（邮编：530022）
网　　址：http://www.djcb71.com　http://www.jielibj.com
电　　话：010-65547970/7621
经　　销：新华书店
印　　刷：北京科信印刷有限公司
2024年4月第1版　2024年4月第1次印刷
787毫米×1092毫米　32开本　4.75印张　64千字
印数：00 001—10 000册　定价：25.00元

版权所有 侵权必究

质量服务承诺：如发现缺页、错页、倒装等印装质量问题，可直接联系本社调换。
服务电话：010-65545440

目 录

写给小读者的话 ·············· 1

吊在摇篮上的乒乓球 ············ 1

五个豆沙包 ················ 9

"锻造"与"火炼" ············ 17

第一次与世界冠军交手 ·········· 31

最年轻的"运动健将" ·········· 37

赢得光彩,输得大度 ············ 43

我不是天生的运动员 ············ 49

打不败的"小个子" ············ 57

报国就在今日 ··············· 65

邓亚萍被打哭了·················77

从零起步更快·················83

邓亚萍时代···················91

不一样的选择·················97

忘年之交····················105

邓亚萍也有拖延症·············119

长大后我要成为你·············125

永不服输····················133

写给小读者的话

中国乒乓球队成立于一九五二年,从一九五九年容国团获得第二十五届世界乒乓球锦标赛男子单打冠军以来,中国乒乓球选手一直保持着极为出色的成绩。在很多大型的国际赛事上,乒乓球项目都是中国代表团最为稳固的夺金点之一。因此,人们常常把乒乓球称为中国的"国球"。

为了在赛场上为祖国争得荣誉,队员们奋力拼搏,勇攀高峰。在建队七十多年的时间里,中国乒乓球队涌现出了许多杰出的乒乓球选手。男子选手有容国团、王涛、刘国梁、马龙……女子选手有邓亚萍、王楠、张怡宁、刘诗雯……他们用自己的努力,为中国的乒乓球事业立下了汗马功劳。

邓亚萍是这些优秀运动员中的佼佼者。在邓亚萍的运动生涯中，她一共拿到了十八个世界冠军，在国际乒坛的排名连续八年保持世界第一，是乒乓球历史上最长时间蝉联世界排名第一的女运动员。邓亚萍不仅在乒乓球运动上取得了卓越的成绩，在其他领域也大放光彩。

退役后，邓亚萍先后到清华大学、英国诺丁汉大学和英国剑桥大学求学，获得了英语学士学位、中国当代研究专业硕士学位和土地经济学博士学位。在剑桥大学近八百年的历史中，邓亚萍是第一个拿到博士学位的世界顶尖运动员。

邓亚萍还担任了很多社会职务。她曾在国际奥林匹克委员会（简称国际奥委会）工作，当过北京奥组委奥运村部副部长兼奥运村办公室副主任，还担任过共青团北京市委副书记、人民日报社副秘书长、人民搜索网络股份公司总经理等职务。她还热心公益，与中国妇女发展基金会联合发起了"乡村体育室"等公益项目。

国际奥委会前主席萨马兰奇曾这样评价邓亚萍："一个自身条件并不好的女孩，能够长期称霸女子乒坛，在邓亚萍身上我看到了奥林匹克精神。"国际奥委会的《奥林匹克宪章》中写道："每一个人都应享有从事体育运动的可能性，而不受任何形式的歧视，并体现相互理解、友谊、团结和公平竞争的奥林匹克精神。"邓亚萍的经历，正是这一精神的体现。

邓亚萍从小就在父母的影响下开始练习乒乓球。为了提高乒乓球技术，她冬练三九，夏练三伏，每天刻苦训练，从不叫苦。然而，虽然她球技高超，但个子矮、胳膊短，河南省乒乓球队曾把她拒之门外。邓亚萍并不气馁，依然坚持训练，硬是用过硬的技术和心理素质拿下了一个个冠军。由于同样的原因，她差点没能进入国家队。在教练张燮林的坚持下，邓亚萍进入了中国青年队，一九八八年才成为国家队的正式队员。

邓亚萍在运动生涯中，为了自己喜爱的乒乓球事业，从来没有放弃过努力，每天都在进行高强度的训练，常常最后一个离开训练场。每次比赛，她总是全力以赴，将自己的技术发挥到极致。在国家队的十年间，邓亚萍用自己的拼搏为祖国赢得了一枚枚金牌，引领了一个时代。

邓亚萍的成功，是因为她从不放弃更高的追求，在她的运动生涯中如此，在她的求学生涯中如此，在她后来的工作和生活中也是如此。她总是为自己定一个很高的目标，并且为了实现目标拼尽全力。

很多人都认为邓亚萍的成功是因为她肯吃苦，有毅力，能够迎难而上。其实了解邓亚萍的人都知道，她的成功不仅是因为能吃苦，还因为她勤于思考，运用智慧解决遇到的一切难题。

早在邓亚萍刚开始进行乒乓球训练的时候，父亲就意识到她的身高问题，为她设计了不同于常规的训练方法，让她使用横拍和正手攻的打法。训练中，邓亚萍能够根据自己的情况及时调整训练内容，改善自己的薄弱点。她从不轻视对手，每次比赛前都要详细了解对手的打法，进行有针对性的训练。而在比赛中，邓亚萍面对强敌，常常越战越勇，能够在危急时刻力挽狂澜。赛场上的她因过硬的技术和强大的心理素质被称为"大魔王"，许多选手一遇到她就败下阵来。

邓亚萍刚进入清华大学学习英语时连二十六个英文字母都写不全，但她通过不懈努力，三年多之后却能够用英语进行论文写作和答辩。之后的留学经历虽然不是一帆风顺，但邓亚萍在日复一日的坚持和努力下，也取得了令人瞩目的成绩。在学业上，邓亚萍并非一味苦读，而是在研究了很多学习方法后，选择了最适合自己的方法，有的放矢地学习，成绩和学术水平很快就得到了提高。

邓亚萍进入职场后，从事的行业很多都是她不熟悉的，但她并不慌张，用自己打乒乓球的毅力和头脑去调整适应，踏踏实实地做好每一件事，硬是在陌生的领域开创了一片天地。

邓亚萍的成长故事有着传奇的意味，一个先天条件并不算好的女孩，却取得了常人难以企及的成就。她的成功看似步步登高，但她却说，这是她一次次从零开始的结果。

"放下已经取得的成绩从零开始，永不服输！"这个信念让邓亚萍成了打不败的"小个子"。

吊在摇篮上的乒乓球

一九七三年二月六日,邓亚萍出生了。

邓亚萍出生在一个酷爱乒乓球的家庭。爸爸邓大松从少年时期就非常喜欢打乒乓球,但是在他年轻的时候,河南省没有专业的乒乓球队,邓大松虽然乒乓球打得很好,却无法成为专业队员,只能一边工作,一边打球。河南省乒乓球队成立之后,业余选手邓大松被选入了队中。

进入河南省乒乓球队后,邓大松更加刻苦地训练。他的最好成绩是中南五省的单打冠军。虽然成绩优异,但那个时候,邓大松没有机会到更大的舞台上展现自己的能力。退役后,邓大松曾留在河南省乒乓球队担任男队的主教练。没有了上场比赛机会的邓大松对队员的训练非常认真,每天都早早到球馆指导队员们训练。

后来,河南省乒乓球队解散,邓大松被分配到郑州印染厂当了一名工人。虽然离开了球队,但邓大松依然没有放弃对乒乓球的热爱。他成了厂里的体育活动骨干,多次率领印染厂的乒乓球队出去比赛,在全省的职工比赛中获得了多个冠军。工作之余,邓大松会和球友们一起来到郑州西郊的省工人文化宫的乒乓球室切磋球艺,常常打到晚上球室关门才离开。

邓亚萍的妈妈蔡荷珍也是乒乓球爱好者,她还是郑州国棉四厂乒乓球队的一名球员。蔡荷珍和邓大松是在球场上认识的,他们有着相同的兴趣爱好,约会的地点常常选在乒乓球台旁。

邓亚萍出生的时候,刚刚开始有了乒乓球亚非拉联赛,而"萍"和"平"同音,父母给她取名"亚萍",也包含着期盼世界和平的美好心愿。

邓亚萍出生不久,邓大松就把她带到了乒乓球台旁。邓亚萍躺在婴儿车里,虽然看不到爸爸在做什么,但她转动着乌溜溜的眼珠,安静地听着乒乓球在球台上发出的乒乒乓乓的声音。

邓亚萍不爱睡觉，总是睁着大眼睛东张西望。妈妈在她的摇篮上方用线吊起了一个乒乓球，想让晃动的小球哄邓亚萍睡觉。小小的白色乒乓球在邓亚萍的眼前轻轻晃动着，她伸出手去抓，嘴里咿咿呀呀地说着只有她自己才明白的话，似乎更没有睡意了。

爸爸的球技在球友中数一数二，每次上了球台就下不来。他总能安心打球，不用担心球台边的邓亚萍，因为来打球的球友们都愿意照顾邓亚萍。他们逗她玩，哄她睡觉，发现邓亚萍该换尿布了，就七手八脚地帮忙。

小小的邓亚萍就这样在乒乓球台旁渐渐长大了。两岁的她坐在爸爸自行车的后座上，跟着爸爸去看球。当别的孩子在玩闹嬉戏的时候，邓亚萍却站在乒乓球台前，看着白色的小球在球台上来回蹦跳，一站就是很久。

三岁的时候，邓亚萍已经懂得乒乓球的一些规则和打法了。看着爸爸指点球友，她也学着爸爸的口气说："你这样打是不对的。要这样，这样……"

邓亚萍煞有介事的样子，让大家都笑了起来，但她并不胆怯，观战过程中发现问题就会提出来。几次之后，一起打球的人都叫邓亚萍"小观察家"。大家笑呵呵地看着她认真"指点"，即使说错了，也没人批评她。

很快，邓亚萍四岁了。

这天，邓亚萍和往常一样坐在场地边看球。球场上有几个人在进行挥拍训练，邓亚萍看了一会儿，突然对爸爸说："爸爸，我要打球！"

邓大松惊讶地看着女儿，迟迟没有回答。

邓亚萍看邓大松不说话，以为爸爸不同意，着急地站了起来，更大声地说："我要打球！"说着，她抢过爸爸手里的球拍，拿起一个球往上一抛，举起拍子打了过去。白色的小球越过球网，落在了球台的另一边。

爸爸这才回过神来，看着目光坚定的邓亚萍，郑重地说："虽然你喜欢打乒乓球，但如果要打就不能随便打。没有谁乱打就能有好成绩的，很多运动员都是十年如一日地进行训练后才出成绩。你要想好好打，我们就要进行训练。训练很累，也很艰苦，你以后每天都要训练，没时间和小朋友一起玩，你还愿意吗？"

虽然爸爸的有些话邓亚萍还听不太懂，但她还是重重地点了点头，说："爸爸，我要打球！我喜欢乒乓球，我不怕苦！"

从这天开始，邓大松每天带着邓亚萍到文化宫练球。以前邓亚萍和爸爸一起来这里，都是看爸爸和别人打球，自从爸爸答应邓亚萍可以打球之后，邓亚萍就在这里开始了正式训练。

此时的邓亚萍还不满五岁，比乒乓球台高不了多少。对方的球是怎么打过来的，邓亚萍根本看不到，急得直跳脚。

邓大松找来几块厚厚的木板，搭成一个木台子，让邓亚萍站了上去。这样一来，邓亚萍高出了台子很多，能够清楚地看到对方的球路，也能有更大的空间挥动拍子，她迫不及待地对着陪她一起练球的哥哥叫道："哥哥，快陪我练球吧！"

有了这个临时搭建的小台子，邓亚萍就能自如地打球了。爸爸和哥哥轮番上阵，开始了对她的训练。虽然年纪小，但邓亚萍打球的气势却一点儿也

体育运动
增强人民体质

不比大人弱。她认真地发球、挡球，球室里的其他人都禁不住对她竖起了大拇指。

垫脚的木台子很简陋，邓亚萍在上面跳跃接球的时候，一不留神就会一脚踩空摔下来。每次摔倒，邓亚萍总是很快爬起来，挥着拍子对爸爸和哥哥说："再来，再来！"

爸爸和哥哥担心邓亚萍受伤，让她休息一会儿，但小邓亚萍总是笑着说："我没事，再来！"

看着倔强的女儿奋力挥拍的样子，妈妈不禁有些感慨，其他孩子都还在调皮撒娇，邓亚萍却每天像大人一样训练。她不由得想道：是不是当年挂在摇篮上的乒乓球让这个孩子刚出生就爱上了乒乓球？

爸爸似乎知道妈妈在想什么，笑着说："父母都喜欢打球，这孩子说不定还没出生就喜欢上了乒乓球呢。"

五个豆沙包

冬天来了。

郑州的冬天很冷,路上有时候还会结冰,走路一不留神就会滑倒。文化宫的乒乓球室没有暖气,打球的人少了,但邓亚萍依然坚持每天都去训练。打乒乓球有两种基本的握拍方法——直拍和横拍,用的球拍也不一样。邓亚萍一开始练的是横拍,从第二年起,她又改打直拍。

这天,邓亚萍刚打了一会儿,就放下拍子哈了哈手。爸爸这才注意到,邓亚萍的小手已经被冻得红肿,握拍子很吃力。他连忙走过去,握住邓亚萍的手给她暖一暖。

过了一会儿,邓亚萍的手才暖和过来。她从爸爸的手里抽出自己的手，有些僵硬地握住球拍，对爸爸说："来吧，可以打了。"

邓大松却没有动，看着邓亚萍红肿的手，他突然有了一个想法。他拿过邓亚萍的球拍说："从今天开始，你改回横拍。"

邓亚萍以为爸爸觉得自己不够努力，委屈地抢过拍子说："再冷我也会努力握紧拍子的。"

邓大松急忙解释说："我没说你不努力。你看，你的个子矮，用横拍的话，照顾的面积就会大一些，比你用直拍更有利。"

"真的吗？"邓亚萍忘记了寒冷，抱住爸爸说，"快给我横拍！"

邓大松却摇摇头说："适合你的拍子现在还没有，我得想想怎么把它做出来。"

邓大松回去后，经过再三思考，给女儿做了一把特制的横拍。这把拍子正面贴反胶，可以加强旋转，反面贴生胶，能打出变化莫测的球。他知道，邓亚萍没有身高优势，只能将球打得快、怪才有更多获胜的可能。

邓亚萍除了每天在球场打球，回家后还要继续练习。她对着家里的一面墙进行推挡练习，那面墙很快布满了黑色的球印。邓大松看到了，不仅没有批评邓亚萍，反而在走廊上也挂了一个球，让她跳起来击球，锻炼手感和眼力。

有时，乒乓球室的人多，没有训练的台子，邓大松就训练邓亚萍做徒手动作、挥拍练习和步伐训练。更多的时候，邓大松会让邓亚萍去捡球，锻炼体力。邓亚萍拖着装球的竹筐，在球场上跑来跑去。虽然累得满脸汗水，但她的脸上总是洋溢着笑容，从不抱怨。

邓亚萍五岁了。她对爸爸说："我长大了，我要和那些大哥哥一样去训练。"

妈妈听到了，着急地说："你还是个小孩子，怎么能和大孩子一起训练？"

邓亚萍嘟着嘴对妈妈说："我打球快一年了，不是小孩子了。"

爸爸说："不管你打了多长时间的球，你就是个小孩子。"

邓亚萍叹了一口气，说："唉，我什么时候才能长大，什么时候才能像爸爸和哥哥一样打球？"

爸爸继续说:"打球贵在自觉,难在坚持。只要你坚持下去,很快就能像爸爸和哥哥一样打球的。"

邓亚萍这才高兴起来,妈妈看她活泼地跳来跳去,笑着逗她:"你啊,眼里只有乒乓球。小心看球看多了,黑眼珠变成了白眼球!"

邓亚萍用手扒拉着下眼皮,对妈妈做了个鬼脸说:"是不是这样?"爸爸和妈妈都被她逗笑了。

看到女儿这样辛苦,妈妈心疼极了,有些打退堂鼓。她悄悄对爸爸说:"我们这样让亚萍训练是不是太过分了?别人家的孩子还在撒娇,她每天就要那么辛苦……"

爸爸安慰妈妈说:"乒乓球训练和举重、跑步不一样,不会因为超负荷带来很多副作用。你有空来看看孩子的训练,我觉得她并没有你想的那么辛苦。"

第二天,蔡荷珍带着精心烹饪的饭菜到文化宫去。她走进乒乓球室,一眼就看到了正在打球的邓亚萍。那个小小的身影在一群大人中显得那样单薄,但她浑身散发出的斗志和力量却非常惊人。从那以后，蔡荷珍再也没有阻止过邓亚萍打球。

邓大松每天带女儿去文化宫的路上，都会买五个豆沙包给邓亚萍。因为运动量大，邓亚萍的体能消耗也大，常常练完球回家的时候就已经饿得头晕眼花。对于每个月只有四十元工资的邓大松来说，每天买五个豆沙包算是一笔不小的开支，但邓大松担心的是女儿训练强度太大，五个豆沙包还不足以补充她消耗的能量。很多年以后，邓亚萍对五个豆沙包的事还记忆犹新，这里面满含着家人的爱与支持，他们总是想尽一切办法为邓亚萍提供最好的条件。

一天，邓大松带着邓亚萍去亲戚家做客。午饭后，其他孩子都聚在一起搭积木，邓亚萍拉住亲戚的衣袖问："您家里有乒乓球吗？我想打乒乓球。"

亲戚抱歉地说："我家没有乒乓球。"

邓亚萍不解地问道："家里没有乒乓球，你们整天都干什么呢？"

亲戚笑着说："要做的事情可多了。上班，做家务……有时候还打打扑克，或者去好玩的地方放松放松。"

邓亚萍脱口而出:"这些事情都不如打乒乓球有意思。"

大家都有些诧异地看着邓亚萍,不知道从什么时候开始,在她的眼里,世界上最重要的事情只有打乒乓球。

一开始,爸爸隐隐有些担心,他不知道邓亚萍对乒乓球的兴趣能持续多久,但当邓亚萍站在乒乓球台前,握紧拍子开始打球的时候,爸爸从她的眼神里看到了坚定和热爱。他相信,这个小小的孩子对乒乓球的喜爱超出了其他人,凭借着这份热爱与专注,邓亚萍会在乒乓球上取得更好的成绩。

于是,爸爸对邓亚萍的训练更加用心了。每天训练的时候,他都仔细观察邓亚萍的动作和力量,琢磨怎么能尽快提高她的技术水平。邓亚萍每长大一些,爸爸就相应地增加运动量,让她能够最大限度地提升自己的运动水平。

妈妈在邓亚萍的衣服上缝了一些口袋,装满沙子,让她负重训练。跑步的时候,爸爸会拿来重重的沙袋绑在邓亚萍的腿上。虽然这样训练起来更艰苦，但邓亚萍从不抱怨，总是默默地完成爸爸提出的训练要求。

五岁的时候，邓亚萍已经可以和乒乓球室的大人对打了。每个在文化宫打过球的人都记得这个小女孩。你要是看到她笑得合不拢嘴，那一定是打赢了。如果她噘着嘴不理人，那就多半是打输了。

有时候，邓亚萍输了球就缠着对手继续打。邓大松看到了，就告诉她："输球不是说你运气不好，而是说明你确实某些地方技不如人。你拉别人再打，即使赢了，你的问题仍然存在。要想永远胜过别人，就必须不停地发现自己输在哪儿了，然后彻底把那个缺点克服掉，只有这样才能真正地赢过别人。"

这些话，都是在每次打完球回家的路上邓大松对邓亚萍说的。父女俩一个推着车，一个坐在自行车的后座上，一边走，一边分析今天打球的情况。有时回到家里还没说完，妈妈只能提醒他们："嘿，有什么话吃完饭再说。"

爸爸的这种教育方式使邓亚萍养成了赛后反思的习惯。以后很多年里，不管是训练还是比赛结束后,她都会自觉地思考一下当天的输赢情况,分析自己丢分和得分的原因。这个习惯让她成了一名用智慧打球的运动员。

"锻造"与"火炼"

到了上学的年龄，邓亚萍进入了郑州市金水区工人第一新村小学读书。白天要上课，邓亚萍只能用早晨上学前和下午放学后的时间进行训练。

每天早晨六点，六岁多的邓亚萍听到闹钟响就翻身起床，跟在爸爸和哥哥身后出门开始训练。其他季节还好一些，冬天的清晨气温很低，寒风刺骨，但他们似乎不怕冷，在昏暗的晨光里跑步，做操，拉韧带，练步伐……一直练到快到上学时间，邓亚萍才背着书包向学校跑去。

下午放学后，爸爸已经等在学校门口。邓亚萍坐上爸爸的自行车，来到乒乓球室进行三小时的训练。爸爸一边训练她的基本功，一边让她和那些年龄比她大的选手进行比赛。这样的做法不仅让邓亚萍基本功扎实，还培养了她敢打敢拼的性格，也养成了她后来"稳、准、狠、灵"的打球风格。很多年以后，邓亚萍回忆起这段训练时光，仍然觉得爸爸的安排让她受益匪浅。

一年级的时候，邓亚萍参加了在开封市举行的河南省少年乒乓球比赛。这是邓亚萍第一次参加省级比赛，面对比自己高大的对手，邓亚萍丝毫不慌。她按照爸爸平时制订的"步伐要灵活，节奏快半拍，击球变落点，发球有绝招"的战术比赛，最终拿到了第三名的好成绩。

当邓亚萍捧着奖品——一个漂亮的塑料文具盒回到学校的时候，同学们都对她投来了钦佩的目光。邓亚萍没有骄傲，放学后，她马上又开始了训练。后来，邓亚萍又进入了业余体校的乒乓球训练班，每天上午上课，下午和小伙伴们一起训练，晚上完成作业。虽然每天只上半天课，但邓亚萍的功课并没有落下。

一九八二年，九岁的邓亚萍第一次参加了全国业余体校分区赛。这次比赛集中了全国的乒乓球少年精英，邓亚萍代表河南参赛。虽然她是参赛队员里年纪最小、身高最矮的运动员，但她敢打敢拼，一举夺得了女子单打冠军。获胜后，邓亚萍信心满满地说："我还要为郑州、为河南、为中国争取更多的金牌！"

接下来，邓亚萍又连续获得了河南省和中南五省青少年乒乓球赛的冠军。接连几次夺冠让邓亚萍更加热爱乒乓球，练得也更起劲了。凭借优异的成绩，邓亚萍也进入到河南省乒乓球队参加集训。

然而，谁也没想到的是，刚进入省队半个月，邓亚萍就被通知"卷铺盖回家"，理由是个子矮、胳膊短，没有发展前途。虽然邓亚萍的比赛成绩优异，但是专家通过科学的检查，预测她成年后的身高在一米五左右，而当时国内外乒乓球女运动员的身高普遍在一米七以上，和她们相比，邓亚萍的劣势太明显了，高手之间的较量，这个缺陷几乎无法弥补。

回到家，邓亚萍的生活一下子变得和以前不一样了，她不再每天上午上课，下午练球。她现在可以和班里其他同学一样，整天都去上学，但这个九岁的孩子脸上有了愁容，她变得不爱说话，做什么都提不起兴趣。爸爸妈妈知道她沉默的原因，却不知道该怎么安慰她。

老师发现邓亚萍一连几天的作业都错误百出，于是找到了她。不管老师说什么，邓亚萍都点点头，却一句话也没听进去，她觉得这个世界上没有人能理解她。几天后，邓亚萍终于忍不住了，她在家里大哭了一场。

爸爸想了想，对她说："在六十年代，身高不到一米五的日本名将关正子也是靠实力威震世界的。所以，身高不是决定一切的必然条件。中国有句古话叫'小时了了，大未必佳'，就是讲很多小孩小时候很有天分，但是大了可能就平凡无奇，被埋没在人群中，不能出彩。省队的人就是怕你没潜力、没后劲，以后弱点会暴露出来，成为致命的缺陷，他们并不是没有看到你现在的成绩。"

爸爸的话让邓亚萍安静下来。她擦干泪水，认真地看着爸爸。

爸爸继续说："但是，孩子，你是真的很优秀！现在我们把选择权交给你，你自己决定是继续打球还是回去上学。如果你回去读书，我们支持，把乒乓球当作业余爱好，随时都可以打，放松心态，这个事没几天就过去了。"

邓亚萍的眼泪又流了出来，她抹了一把眼泪说："我不是一般喜欢乒乓球！我是非常非常喜欢！而且我不服气！凭什么不要我？我会打得很好的。我一定要证明我是打球这块料，一定要成为一个优秀的乒乓球运动员。"

爸爸对邓亚萍说："你再想想，明天我们再决定。"

第二天早晨，邓亚萍红肿着眼睛对爸爸说："我要打球，不管多累多苦，我都不在乎！如果这几年我真的不能把比赛成绩提上去，不适合打球了，我自己肯定知道，到时再放弃也不迟。如果现在不让我打，我一辈子都会后悔的。"

哥哥看到妹妹坚定的眼神，逗她说："哟，小家伙一夜重生了。"

邓亚萍回了一句："我要打球。不仅要打得比你们好，比省队好，我还要打到国家队去！"

坚定了自己的信念后，邓亚萍又恢复了以往的自信。爸爸看她愿意面对这件事了，马上和她一起分析自身的情况。身高确实是邓亚萍的劣势，但这个弱点是可以弥补的。爸爸说："先天不足后天补，只要有特长和扎实的基本功，何愁不会脱颖而出？"

爸爸还说："那些获得世界冠军的运动员都不是因为个子高，而是因为他们的反应速度非常快，回接球的计算能力和爆发力等都很强。这些才是他们最终夺冠的必要条件。"

邓亚萍心中重新燃起了希望，她认真地和父亲讨论起来。父女俩经过讨论后找到了一个解决办法，那就是把步伐练到无敌。他们坚信，只要步伐比别人更快，进攻更加凶狠，防守更加顽强，就有可能打败对手。

步伐的训练非常艰苦，一个动作就要重复无数次。邓亚萍每天在球台前拼尽全力，直到累得趴下才停下来。

同时，邓大松还想出了一个"正手快，反手怪"的打法，这一打法就是专为邓亚萍设计的。因为个子矮，邓亚萍看球的角度和其他人不一样，有时候，在大家看起来不应该进攻或是不能进攻的球，在她看来却是可以回击的。邓亚萍从这个时候就开始练习主动进攻和快速移动，为日后的成功打下了坚实的基础。虽然刚开始的时候进攻并不能完全奏效，但她找准了方向就努力去争取。

机会从来只给有准备的人。虽然河南省队拒绝了邓亚萍，但郑州市新组建了乒乓球市队，邓大松教过的学生李凤朝正好是队里的教练。李凤朝曾经是中国乒乓球队女队的陪练，个人技术过硬，执教也非常严格。邓大松将邓亚萍送到了郑州市队。

进队前，邓大松对邓亚萍说："别人说你不行，你就要自己争口气，要加倍苦练才行。"邓亚萍没说什么，但从她的眼神中能看出，小姑娘憋着一股劲儿，绝不会服输。

郑州市队刚刚组建，条件非常艰苦，就连固定的训练场地也没有，更不用说队员的宿舍了。

女队员们最初在一间暂时不用的澡堂里摆放了四张被淘汰的破旧乒乓球台来练球。后来，澡堂要改建，她们只得去借一所小学的礼堂继续训练。

白天训练的地方，就是女孩们晚上打地铺睡觉的地方。尽管条件简陋，却没有一个人叫苦。可是，即使这样的地方，她们也没办法久留。不久后，她们又被迫将训练场搬到了一个靶场二楼的训练房。

这里的条件比前两个地方更差。房顶是玻璃钢，夏天的时候，房顶被太阳烤得发烫，室内温度经常达到四十多度。训练场又闷又热，一场训练下来，队员们都大汗淋漓，像蒸了桑拿一样。冬天的时候，室内没有取暖设施，女孩们冻得缩手缩脚。邓亚萍的双手都长满了冻疮，一开始只是发痒，后来冻疮肿裂，手上全是一道道的血口，一挥拍就疼得厉害。即使在这样艰苦的条件下，女孩们都没有放弃。为了打球，她们都咬牙坚持了下来。

每天清晨，李凤朝教练带着队员们排队跑步到郑州市中心的二七纪念塔，再跑步折回训练地。这段路大概有三千米，这么远的距离，李教练只给大家十二分钟，无法完成的队员，就要再罚跑一圈。邓亚萍是女孩中年龄最小、个子最矮的，因为体力不足，常常被罚跑，但她从来没有说过要回家。邓大松知道后，每天早晨赶到出发点，骑着自行车在前面，让邓亚萍跟着自行车跑，父女俩一起完成每天的长跑任务。

邓亚萍在专项训练和体能训练上，总是做得比别人多，她知道自己先天条件不足，只能笨鸟先飞。她相信自己只要努力就一定可以提高，所以从不喊累。教练虽然心疼她，但为了她的将来，对她非常严格。

有时，她们进行多球训练，要求连续不断地打完装满十几个脸盆的乒乓球。全部打完的时候，邓亚萍常常汗流浃背，脸色发白。有时，她们进行五千米负重长跑训练，沉重的沙衣、沙袋挑战着队员们体能的极限。每次长跑结束后，邓亚萍都累得说不出话来，但她只是休息一会儿，就马上开始下一轮训练。

有一次，李凤朝从外面开会回来，发现邓亚萍正和几个队员站在一起说说笑笑。李凤朝看到训练室的球筐都还整整齐齐地摆放着，知道她们没有完成训练计划。队员们的松懈让他很生气，于是罚她们顶着北风长跑。队员们有的向教练求情，有的干脆提出了抗议。只有十岁的邓亚萍一声不吭，咬牙

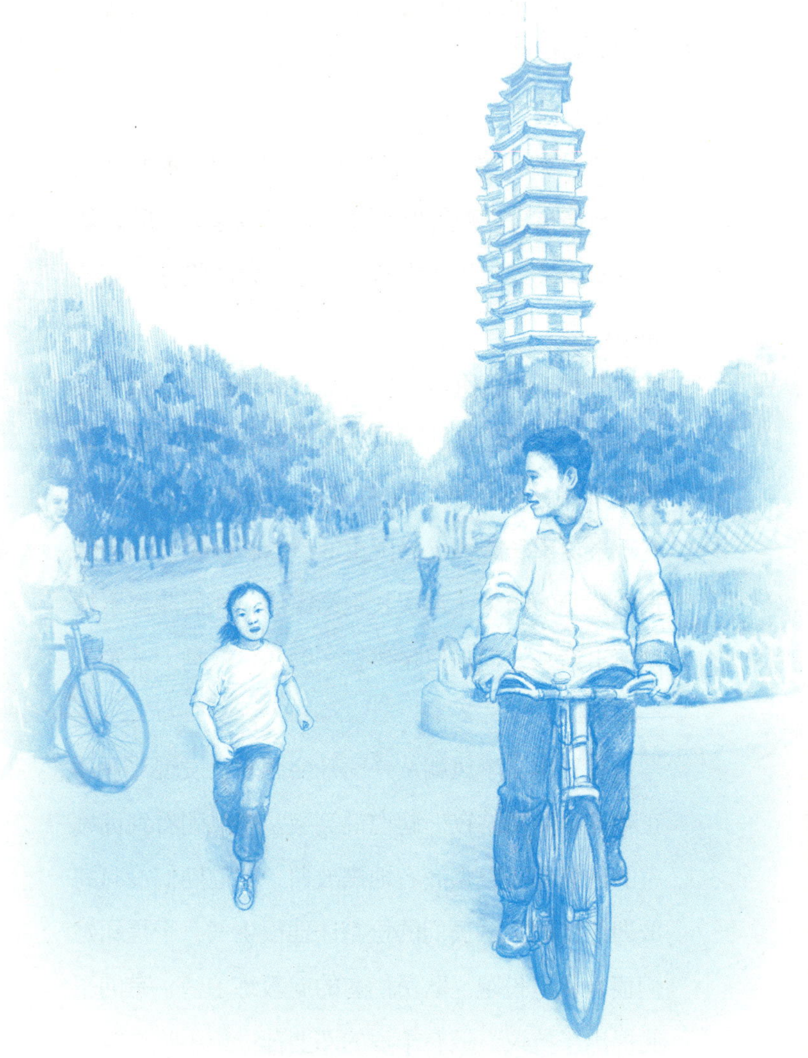

认罚。她穿着训练时的短裤在寒风中一圈一圈地跑，咬着牙跑完了全程。

市队的训练十分辛苦，队员们很少能够休假。偶尔放假，小队员们会约着一起去一家旱冰场玩。旱冰场是水泥地面，铁制的冰鞋非常重，溜冰时摔倒很容易受伤。邓大松一直不允许邓亚萍去旱冰场玩，担心她受伤影响训练，更担心她因为受伤而过早地结束运动生涯。

一天，邓亚萍实在没忍住，和小伙伴们悄悄去了旱冰场溜冰。邓大松正好去宿舍找她，发现邓亚萍不在，立刻想到她一定是到旱冰场去了。邓大松赶到旱冰场，远远看到邓亚萍正扶着栏杆慢慢向前滑行，一颗心都悬了起来。

邓大松想骂她，但又怕她受到惊吓摔倒。只好等邓亚萍下了场才大声说道："你平时的表现都是装出来的吗？你怎么那么不谨慎？如果受伤了怎么办？"

在回队的路上，爸爸一直在批评邓亚萍。邓亚萍从没见过爸爸这么生气。看着脸色铁青的爸爸，听着他大声的呵斥，邓亚萍这才觉得后怕。

从此以后,邓亚萍再也没有去过旱冰场。她不仅每天认真完成教练安排的训练,还常常利用节假日加练。李凤朝私下和邓大松说:"你这个女儿啊,是这个……"说着,他竖起了大拇指。

为了让邓亚萍能够找到适合自己身高的打法,李凤朝专门制订了"快、怪、狠"的球技打法。每天上午让她进行三个小时的单球训练,正手、反手、弧圈、突击等动作都要重复练习上千次。下午是两个半小时的多球训练,邓亚萍要打完十四筐球,每筐球有两百多个,也就是她必须打完差不多三千个球才能完成任务。

因为身材矮小,邓亚萍必须把双腿练出来,个子高的人跑一步,她要跑两步,跑得更快才能更好地护住球台。为了练步伐,当时邓亚萍的体重只有六十斤,却身上穿着沙衣,腿上绑着沙袋,加起来负重三十斤,常常只是练一会儿全身就被汗水湿透,不久后脚下就是一汪汗水。因为平时总是负重训练,等脱下沙衣、卸下沙袋上场比赛时,她自然感觉身轻如燕。灵活的步伐,也成了邓亚萍日后的必杀技之一。

李凤朝常常对小队员们说："锻炼有两层意思。锻是锻造，用锤子击打，把铁片打成一件东西。既然是击打，你的皮肉就要受苦、受罪，不被击打，你永远是一块普通铁皮。炼就是火炼，加热升温，将铁变得更纯净、更坚硬。你们每天都在锻炼自己。"他的这个比喻让队员们更加懂得，只有刻苦练习才能有所成就。大家你追我赶，都自觉地参加训练。

后来，由于种种原因，郑州市队很难再维持下去。他们要存活的唯一办法就是在比赛中拿出成绩，得到认可。大家都感受到了这种压力，年纪最小的邓亚萍训练得更加刻苦了。就在进队的几个月后，邓亚萍凭借着自己的乒乓球天赋和努力，带领着郑州市队击败了河南省队的主力。此后，邓亚萍又陆续拿下了几个全国青少年比赛的冠军，这很快引起了河南省女队新任总教练关毅的注意。

第一次与世界冠军交手

一九八六年，河南省女队新任总教练关毅来到郑州市队，想借调邓亚萍去参加在湖南怀化举行的全国乒协杯比赛。李凤朝教练和邓大松都认为这对邓亚萍来说是一个能得到锻炼、增长见识的机会，便同意了关毅的提议。

开赛后，邓亚萍只是被安排在团体赛中打双打。然而在复赛的时候，河南队主力队员因为身体原因，无法继续参赛。在没有更合适的人选顶替她的情况下，关毅大胆地让邓亚萍参加单打比赛。

谁也没想到，邓亚萍上场后的对手是八一队的戴丽丽。戴丽丽是世界冠军，技术很全面。大家都觉得邓亚萍的胜算不大。临战前，关毅没有给出具体的指导，只是反复告诉邓亚萍不要紧张，并强调说："你尽情地打，怎么打都可以，只要用你最擅长的打法就行！"

邓亚萍点点头，擦了擦邓大松送她的球拍，就上场了。

当看到矮小的邓亚萍和世界冠军戴丽丽一同站在场上时，观众们都难以置信。十三岁的邓亚萍看上去比实际年龄还小，现场议论纷纷。

"没有想到河南队那么缺人，居然要球童来参赛。"

"上错场了吧？这个小孩谁家的？"

比赛一开场，当个子矮小、满脸稚气的邓亚萍凭借着实力抢先得分时，观众们顿时惊叹不已。

邓亚萍像是没有听到观众们说什么，她的眼里只有球。她自如地挥舞着球拍，奇怪的发球方式加上反手多变的进攻，始终让对手找不到节奏。戴丽丽手忙脚乱，疲于应对。

观众席上不停地有人在打听："这个小丫头是谁呀？很有意思嘛。怎么以前没有见过她？"

最终，邓亚萍以2比0战胜了世界冠军戴丽

丽，并且帮助河南队获得团体冠军，很多观众都觉得不可思议。这一战，让大家认识了一个敢打敢拼的邓亚萍，也让河南队开始考虑是否应当让她进入省队。

比赛回来，邓亚萍记下了教练说的话："一个高水平的运动员，必须特长突出，技术全面，自身又没有明显的漏洞。"虽然打赢了世界冠军，但邓亚萍知道自己还有很多不足的地方，只有更加努力地训练，才能进步，让自己也成为世界冠军。

半年后，一九八六年十月，邓亚萍再次代表河南队，参加了在郑州举行的全国乒乓球锦标赛。邓亚萍第一战的对手是"国手"李惠芬。赛前，大家都替邓亚萍捏着把汗，教练问她紧不紧张，邓亚萍平静地说："我喜欢赢球！"

比赛前，李惠芬只听说邓亚萍是一个个子矮小、打法多变，并且打赢了戴丽丽的新人，但这些信息对李惠芬没有造成太大的压力，毕竟她经验丰富，又有着发球抢攻和变线猛杀的绝活儿，她自信地认为绝对可以战胜邓亚萍。可谁知上场后，邓亚萍身手敏捷，不仅接发球的速度超过她，还总是能接起难度很大的球，甚至发起反攻。李惠芬猝不及防，最终不敌攻击迅猛的邓亚萍，以16比21的比分输掉了第一局。

第二局，李惠芬在教练的指导下改变了战术，试图以搓球取胜。这一打法确实产生了效果，李惠芬的比分一度领先邓亚萍。邓亚萍并不慌张，她记得赛前爸爸让她"以变应变"，用变幻不定的线路调动对方。她快速地在球台前移动，再用大角度的重扣打回对方的球，步步紧逼，很快就把比分追平了。李惠芬看到邓亚萍又一次攻克了她的战术，不免手忙脚乱，接连几次失误，又输掉了一局。

邓亚萍首盘取胜，为河南队争得了1分，大大鼓舞了士气。接着，两队各赢一盘，河南队以总比分2比1领先。

第四盘比赛，邓亚萍面对的是另一位世界冠军耿丽娟。矮小稚嫩的邓亚萍和二十三岁的耿丽娟一起走到球台边的时候，立刻引起了满场哄笑。耿丽娟和邓亚萍打了几个球之后，就感到这小女孩很有实力，绝对不能掉以轻心。耿丽娟的攻势非常凌厉，很快控制了比赛的节奏，比分遥遥领先。看台上的人们都不禁为邓亚萍捏了一把汗，觉得她输定了。

然而没多久，赛场上的形势就发生了变化。邓亚萍渐渐进入了状态，发球变化更多，抽球也更加凶狠。她在球台前快速移动，把搓球、攻球、弧圈球、变线球一个接一个打过去，打得世界冠军眼花缭乱，竟然有些招架不住了。耿丽娟连连失误，邓亚萍越战越勇，在观众的呐喊声中，邓亚萍以2比0的比分击败了耿丽娟。

这是邓亚萍一年中第二次战胜世界冠军，为河南队进入团体决赛立下了汗马功劳。

女子团体决赛由河南队对阵湖北队。邓亚萍在与湖北队的乔红的交锋中，很快就以大比分击败乔红，而在与陈静的交手中，却险象迭生。

陈静一上场就给了邓亚萍一个下马威，邓亚萍输了第一局。然而邓亚萍临危不乱，很快扳回了一局。第三局眼看比分领先，邓亚萍暗暗松了一口气，就在这时，陈静连追了5分。邓亚萍马上意识到自己松懈了，她想起爸爸在赛前的叮嘱："只要比赛没有结束，你就永远不能松懈！失败不是你的技术不够好，而是你的气势没有持续下去！"邓亚萍立刻调整状态，最终以21比15赢得了决胜局的胜利。

就这样，邓亚萍连战多名世界冠军和年龄比她大的国家队队员，把之前名不见经传的河南女队送上了全国女团冠军的宝座。

邓亚萍一战成名，引起了各队教练的注意，大家都开始研究她的打法和球路。中国乒乓球队副总教练、女队主教练张燮林也关注到了邓亚萍。看到邓亚萍在场上的出色表现，张燮林不禁赞叹道："十三岁的小姑娘能在全国比赛中打得这样出色，难得！难得！"

最年轻的"运动健将"

张燮林从一九七二年开始任中国乒乓球女队教练，在数十年的乒乓球生涯中获得过很多荣誉。他是中国直拍长胶削球选手的第一人，因为削球变化多端，被称为"魔术师"。看到邓亚萍的打法，张燮林觉得她身上有一种特殊的气质，决定将她调到国家队。

当时的邓亚萍已经获得了"运动健将"的称号。国家体育运动委员会（简称国家体委）规定，只有获得全国比赛团体前三名、双打前两名的选手，才能称为"运动健将"。十三岁的邓亚萍早已经超额完成了这些要求，因此有人称她为最年轻的"运动健将"。

然而，尽管有那么多炫目的成绩，但因为当时身高只有一米三，几乎所有人都不看好邓亚萍的未来。张燮林在国家队的会议上多次专门提出过让邓亚萍进入国家队，但其他几位国家队的教练都强调邓亚萍基础条件不好，根本不同意。有人质疑说："国家队是要去参加国际比赛的，那些欧洲的球员人高马大，拉出的弧线球又高又快，邓亚萍那么矮的个子，对付得了吗？"

第三次讨论的时候，几位教练看张燮林依然坚持，只好和他一起讨论邓亚萍的条件。

他们提出的第一个问题是：邓亚萍的特点在哪里？

张燮林立刻说："她主动进攻比较强，打得比别人主动。你们说她为什么打得主动？为什么进攻比别的运动员要强？"

这个问题大家都回答不上来，陷入了沉思。张燮林接着说："乒乓运动的精髓就在于变和快。个小有个小的优势，不能因为个小就简单地判断她没有发展前途。'人才'是一个综合性的概念，邓亚萍其他方面表现很好，她还有潜力，应该给她机会。你们认为邓亚萍个子小是不利条件，我却觉得不是这样。也许这是她的优势，因为个子小，在别人看来很矮的球，她看来就是高球了，可以直接发力进攻。"

其他教练听到这个说法都笑了，大家认为张燮林说得很有道理，纷纷同意邓亚萍进入国家队。不过，按照规定，运动员要满十四岁才能进国家队，邓亚萍只能先进国家青年队，一年以后再进入国家队。

听到这个决定，邓大松、李凤朝以及河南省队的教练都很兴奋。邓亚萍终于可以去北京了，他们都为她感到高兴。然而，当大家向邓亚萍祝贺的时候，她却哭了。为了进国家队，十三岁的邓亚萍承受了太多的压力。她的眼泪里有欣喜，也有委屈。

进入强手如林的国家青年队后，邓亚萍没有放松训练。她知道，自己的机会来之不易，为了实现世界冠军梦，还需要下大力气锤炼技术。邓亚萍的认真和刻苦大家都看在眼里，国家体委的领导也对她赞赏有加。邓亚萍时时提醒自己，她的致命缺陷仍在，要进入国家队还需要继续努力。

国家青年队在这一年中有五次大循环比赛，邓亚萍拿了四次冠军和一次亚军。成绩虽然不错，但比赛结束后，进入国家队的名单里却没有她。邓亚萍不由得感到难过：为什么国家队的门槛对我来说就这么高呢？

邓亚萍又开始了玩命的训练，每天都要比别人多练一两个小时。青年队规定，每天上午训练到十一点，邓亚萍就自动推迟到十一点四十五分。下午规定练到六点，她就推迟到六点四十五分。晚上八点停止洗浴，她就练到七点四十五分。食堂关门了，她就煮方便面吃。队里还有两个好朋友陪着她一起练，她们总是等邓亚萍休息了才一起回宿舍。

一九八八年全国乒乓球锦标赛在镇江拉开了战幕。比赛前，邓亚萍告诉自己："不能目光短浅，只满足于青年队的第一，要冲向国家队，盯住世界冠军的目标。"

这次比赛，邓亚萍一路过关斩将，顺利拿到了女双冠军和女单亚军。不久后，她又随郑州市队参加了在淄博举办的城市运动会，和队友们一起杀进了乒乓球女团决赛。最终，邓亚萍只用了不到两个小时，就带领郑州市队拿到了冠军奖杯。人们不禁感叹："最年轻的'运动健将'真是实至名归啊！"

尽管在镇江获得了胜利，但邓亚萍并没有满足。她还有更高的目标要实现，每天脑子里想的都是怎么把球打好。想到张燮林教练的那句话——"邓亚萍因为个子矮，所以她眼中的球总是高的"，邓亚萍突然有了一个想法：因为个子矮，看到的球都是高的，那就意味着每个球都是机会，可以减少防守，以攻为主。她找到教练，在教练的指导下，经过仔细分析和反复训练，邓亚萍终于找到了一套独特的打球方式。

邓亚萍找到了自己的定位——以攻为守。她对自己说："只要球打得比别人快，就能掌握赛场上的主动权，将身材的劣势变成优势。"后来，青年队的教练姚国治研制出一种新型长胶，她换上这种胶皮后，反手快拨的技术很快得到了突破。

之后的很多年，外国媒体认为邓亚萍的球路很奇怪，也很危险，对手常常不知道她的球落点会在哪里，不知道她的下一球会怎么打。于是，他们给邓亚萍取了一个绰号——"东方魔女"。这个绰号让邓亚萍更加洒脱和自信了。对手越是猜不透，就越是忌惮；对手越忌惮，她就越能轻松应战。

这时，邓亚萍不再对是否能通过国家队的选拔而纠结，她告诉自己："我是为了争夺世界冠军来的，这一切都是考验我的过程！国家队有选优的规则，我不能屈服于规则，那条所谓全面发展的规则我要亲身来打破。"

有人说邓亚萍拿了那么多冠军是运气好，邓亚萍毫不犹豫地反驳说："我得了这么多冠军，在我看来是应该的。因为我知道我的个子不如别人，别人允许有失败的机会，我没有，我只能赢。我赢了还不一定能进国家队，更别说输了，所以我打球凶狠，都是被逼出来的。"

在古代，健将指的是英勇善战的将领。作为最年轻的"运动健将"，正是这股不服输的劲头让邓亚萍能够一次次坚持下来，也一次次获得了成功。

赢得光彩，输得大度

国家体委根据邓亚萍在全国乒乓球锦标赛上的突出表现，决定派她代表国家队参加在菲律宾举行的第六届亚洲杯乒乓球比赛，顺便考察一下她适应国际比赛的能力。邓亚萍意识到，这场比赛打好了，就有可能进入国家队，打不好，则有被淘汰的可能。

尽管压力很大，但比赛时的邓亚萍心无旁骛，心里和眼里都只有乒乓球。几天的比赛下来，邓亚萍战胜了奥运会女子单打亚军李惠芬，成为历届亚洲杯乒乓球比赛中最年轻的女子单打冠军。国外的媒体用"中国乒坛的一匹黑马"来报道邓亚萍。

然而，很快就有人质疑邓亚萍的这枚金牌。

在女单决赛中，对决的邓亚萍和李惠芬都是中国选手，不管她们俩谁胜，这枚金牌都是中国队的。尽管如此，两个人还是打得异常激烈。起初两人各胜一局，第三局决胜局的时候，两个人都使出了浑身解数，好几次都打成了平局。

邓亚萍率先打到了20分，再打1分，她就可以拿到金牌。这时，正是邓亚萍发球，只见她摆出一个发下旋球的架势，挥动了球拍。然而，这个球根本不是下旋球，邓亚萍故意做出了个假动作，想趁对方回球的时候找机会抢攻。李惠芬显然判断到了这一点，她反手一推，乒乓球擦着台边落下了。这是一个擦边球，裁判并没有发现，当场判定球出界，邓亚萍得分。

这一切都被邓亚萍看在了眼里，如果她说出实情，裁判一定会改判。邓亚萍却什么也没说，她太想多拿一枚金牌了。

坐在场外观战的其他运动员都看到了这一幕，球台对面的李惠芬也听到了乒乓球落在台面上的声音。虽然当场没有人提出异议，但赛后很多人都在议论这件事。

张燮林听到后，马上找邓亚萍了解情况。邓亚萍这时已经冷静了很多，马上向教练承认了错误。她难过地解释说："我能进入国家青年队太不容易了，可是我还是害怕别人因为我个子矮不要我，所以才不顾一切地想要赢，想夺冠军。"

张燮林知道邓亚萍的经历，也心疼她遇到那么多不公平的对待，但他还是严厉地批评了邓亚萍："要想做一名真正优秀的运动员，就得凡事从难从严要求自己。要想当冠军，既要靠实力，又要保持良好的体育道德，而不是靠侥幸、耍小聪明，只有这样才能赢得光彩，输得大度。"

这天夜里，邓亚萍久久不能入睡。她想到了自己小时候只要输球就噘嘴，不理人。她发现，其实从刚开始打球时，自己就不愿意输。这样不服输的性格让她能够坚持艰苦的训练，打赢了一场又一场比赛。可是，今天教练的话让她意识到，如果不懂得"赢要赢得光彩"的道理，即使技术再好，也不是一名好运动员。邓亚萍感到很羞愧，利用裁判的误判取得胜利，是不符合体育运动公平竞争的原则的。

第二天，邓亚萍向李惠芬道了歉，又写了一份检讨交给教练，发誓以后再也不会有这样的事发生。

从菲律宾比赛回国后，教练们终于同意邓亚萍进入国家队了。当邓亚萍扛着行李搬到国家乒乓球队的宿舍时，她成了国家乒乓球队最年轻的队员。为了这一天，邓亚萍不知洒下了多少汗水，经历了多少困难。她暗暗对自己说：千万不能掉队啊！

来到国家队以后，邓亚萍依然训练得很刻苦。每天要进行大运动量多球训练，有时一个下午要打几千个球。邓亚萍常常在训练馆里放两双鞋，一双被汗水湿透了，就换另外一双。她依然每天早来晚走，加班加点地训练。

有人问邓亚萍："如果遇到很强的对手，你会不会担心对方超过你？"

邓亚萍坦然地说："如果你遇到一个竞争对手，那恭喜你，这可能标志着你在进步。竞争是挑战，是机会，而不是威胁。竞争永远不是最终目的，真正目的是不断挑战，自我成长。"

后来，在一次采访中，邓亚萍表示自己很认同一位企业家曾经说过的话："竞争的意义在于竞，不是争。不是为了击败商业上的对手，而是为了比对手更早达到目标。我们和竞争对手的关系就像在开车，你要时不时看一眼后视镜，但是你不能盯着后视镜开车。"商业竞争如此，比赛也如此，一个人如果将目标只是锁定在对手身上，就有可能丧失自己的优势。

经历了那一次擦边球事件后，邓亚萍对于比赛的得失有了自己的看法。从小，邓亚萍打球就只想赢，不想输，每次输球就不高兴，甚至还会哭，但参加的比赛多了，邓亚萍经历了更多的输赢，开始接纳会失败的自己。在一次输球后，她坦然地说："从今天开始，我想赢，但是不怕输。"

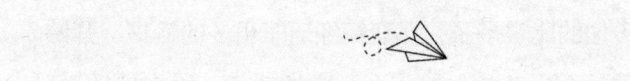

我不是天生的运动员

一九八九年,邓亚萍终于实现了世界冠军的梦想。

这一年,在德国多特蒙德市举办的第四十届世界乒乓球锦标赛中,邓亚萍和乔红获得了女子双打冠军。除此之外,在上海举行的乒乓球公开赛上,她获得了团体、双打、单打三项冠军;在香港举行的乒乓球公开赛上,她获得了团体和单打冠军;全国青运会上,她获得了团体、双打、单打三项冠军;全国锦标赛上,她获得了单打和双打冠军。一年中,邓亚萍获得了十几枚金牌。

当邓亚萍和乔红在世界乒乓球锦标赛女子双打决赛击败对手的时候,两个人激动地抱在一起。她们站在领奖台上,看着在国歌声中冉冉升起的国旗,心里无比激动。走下领奖台,邓亚萍仍然不敢相信,多年以来世界冠军的梦想已经实现了,她和乔红互相问对方:"这就拿世界冠军了吗?"

从比赛场馆返回驻地的时候,邓亚萍忍不住在大巴上哭了。这也许是她第一次因为赢球哭,泪水里有这些年受过的苦,有无数的委屈,也有很多的安慰和欢喜。

一九九○年五月,首届乒乓球世界杯团体赛在日本举行。中国姑娘们凭实力杀入决赛,与朝鲜队争夺冠军。朝鲜队的实力不可小觑,尤其是主力李粉姬发球很有威胁,擅长反手,曾在第四十届世界乒乓球锦标赛上打败过邓亚萍。

决赛第一盘是单打,中国队率先赢得1分。第二盘仍是单打,朝鲜队轮到李粉姬上场。经过深思熟虑,张燮林决定派邓亚萍去迎战李粉姬。他对邓亚萍说:"你去报一箭之仇吧!"

"只要我能发挥出平时训练的水平,就可以打败她。"邓亚萍自信地说。自从上次输给李粉姬后,她用了一年的时间研究李粉姬的战术特点,想出了一套应对的妙招，每天苦练。

比赛开始了，邓亚萍丝毫没有给李粉姬机会，向对方发起了猛烈的进攻。两个人你来我往，打得异常激烈，场外观战的人也看得惊心动魄。李粉姬的接发球手段比较单一，邓亚萍就一左一右地全场调动，让她疲于应付。邓亚萍按照预先设想的那样，稳扎稳打，即使很难接的球也没有失误。整场比赛她的气势越打越强，发挥出了自己最好的水平。

很快，邓亚萍就以2比0的显著优势赢得了这场比赛，为中国队赢得了关键的1分。在接下来的比赛中，中国队又赢了双打比赛，最终赢得了团体冠军。

当大赛组委会将本届世界杯团体赛的最佳运动员奖颁给邓亚萍时，全场响起了热烈的欢呼声。

邓亚萍每次拿到冠军的时候，总有人说："邓亚萍在球场上的表现太出色了！她就是一个天生的运动员。"

邓亚萍却不认同这种说法。她说："我这辈子就相信一点：这世界上每一个人，没有天生的失败者，也没有天生的赢家。能力可以锻炼，心力同样可以锻炼。"

邓亚萍注意到，每个队里都有一些技术非常好的球员，平时打得非常好，但只要一参加比赛就输球。因此，他们最终只能成为主力队员的陪练。

在为他们感到遗憾的同时，邓亚萍想明白了一个道理：我和他们之间，从努力和刻苦的程度到技战术水平，都相差无几。我们之间最大的差别，就是在关键时刻，我更敢赢！而这种敢赢、敢拼的能力，就是心理素质高、心力强的表现。它能保证我在关键时刻发挥出百分之百甚至更高的水平。

邓亚萍很喜欢一句话："赢家不思考，赢家靠直觉。"其实，这种直觉并不是天生的，而是经过艰苦的训练、认真的分析、果断的战术调整得来的。邓亚萍在别人眼里是天生的运动员，只有她自己知道取得这些成绩付出了怎样的努力。

经过大量的训练和思考，邓亚萍找到了自己打比赛的目标和方法。那时，乒乓球比赛的赛制是21分制，一方连发5球，之后换另一方再发5球。邓亚萍的优势是发球，因此她要求自己在自己发球的5分中尽量得分，最好能把5分都拿到。而到对方发球的时候，她允许自己输到2比3，然后再用发球轮扳回来。

有了这样的目标和计划，每场比赛的时候，邓亚萍的注意力都集中在发球的5分上，前面的球打得怎么样，她根本没放在心上，只是关注下一个球要用自己训练时积累的经验去处理到最好。为了出奇制胜，邓亚萍练就了正手和反手高抛、半高抛和低抛等多种发球技术，其中还包括了上旋、下旋、侧旋、不转等各种变化。仅仅在发球技术上，邓亚萍就花费了大量的精力去练习。

邓亚萍每天都练得很辛苦，有人问她："你这样坚持训练，最大的动力是什么？"邓亚萍笑着说："保证自己不被对手打败！"她清醒地意识到，虽然自己得了很多金牌，但身后有很多对手在盯着冠军这个位置。那些对手的能力和技巧都很强，要不然早就被淘汰了。真正决定胜败的毫厘之差，就是心理素质的稳定性。心力水平到底怎么样，关键时刻扛不扛得住、敢不敢赢，这个最重要。如果自己放松一点点，别人就会研究透她的打法和技巧，下一次就会用新的战术来对付她,战胜她。邓亚萍时时提醒自己,必须不断归零,才能稳稳站在冠军的位置上不动摇。

邓亚萍刚进国家队的时候,反手只会"切",不会攻,但她就是凭借着"正手快,反手怪"的打法战胜了许多乒坛老将。然而,邓亚萍深知,一种技术的成熟就意味着很快会被别人掌握,会被对手研究出对策,也就变得落后了。因此,她不止一次地说:"我要让对手看到一个崭新的邓亚萍!"

张燮林教练给她增加了"长胶反手攻"的技术,攻势明显增强了,但"切"的技术却淡化了。后来,邓亚萍经过琢磨,把"切"和"攻"结合在一起,打出了很多长短、快慢不一的变化,增强了自己的战斗力。

"工欲善其事,必先利其器。"邓亚萍在装备上也花了不少心思。她的球拍正手反胶,能拉能扣,反手长胶,不仅能发力打,还能做出拨、推、磕、拱等动作,并且根据对方来球可以打出球下沉的效果。

每当训练结束的时候,邓亚萍习惯躺在床上,戴上耳机听音乐。她最喜欢的一支曲子是法国钢琴家理查德·克莱德曼演奏的贝多芬的《命运》，这首曲子或急或缓的节奏让她的思绪飞出很远，仿佛又看到年幼的自己笑呵呵地和爸爸一起打球，蹲在地上像捡蘑菇一样捡拾那些掉落在地上的小球。

当首届世界杯团体赛结束的时候，有记者对邓亚萍进行了采访，他们想知道邓亚萍今后的目标。邓亚萍想了想回答："亚运冠军，第四十一届世锦赛冠军，还有一九九二年奥运会冠军。"

打不败的"小个子"

经历了更多的比赛后,邓亚萍不再害怕输球。她知道,输了球并不可怕,只要找到输球的原因,有针对性地刻苦训练,很多问题都能迎刃而解。哪怕还是输球,但至少已经为赢球努力过。

让人意外的是,每场球赛开始的时候,邓亚萍最担心的不是比分落后,而是比分领先。在她看来,领先容易让人松懈,丧失优势;落后反而能激起她的斗志,竞技状态往往更好。很多次比赛中,邓亚萍都是绝地反击,在比分差距很大的时候一步步追上来,最终取得胜利。难怪有媒体称她为"打不败的'小个子'"。

人们喜欢看邓亚萍打球,有一部分原因就是喜欢她打球的气势。邓亚萍打球毫不拘谨，动作从容，收放自如。尤其是在遇到强手的时候，她面不改色，依然可以冷静地推挡、扣杀。大家形容运动员比分接近、比赛胶着时会用"咬"字，这个字用在邓亚萍的身上很恰当，比赛中她总是死死"咬"住对手，耐心地和对手纠缠，一旦有机会马上奋力出击，一分一分地扳回来。对方常常被她逼得手足无措，进退维谷。而赢球之后，邓亚萍有一个标志性的动作——握紧拳头，大喊一声"飒"。这一声"飒"，不仅是给自己打气，也让对手感到恐惧，同时让赛场边和电视机前的观众也精神为之一振。

乒乓球比赛或许是所有国际赛事中比赛规则改变最多的项目。比分从每局21分变成了11分，比赛用球从小球变成了大球，不准遮挡发球，有机胶水变成了无机胶水……但无论规则如何改变，中国乒乓球队都没有受到太大影响，依然在金牌榜上遥遥领先。中国女队主教练张燮林把中国乒乓球运动的技术风格归纳为"狠、快、准、灵"四个字，他认为邓亚萍身上就有这些风格。

"狠"主要是一种精神面貌，张教练曾对队员们说："你们注意一下现在反映对抗性项目的照片，运动员们个个都是咬牙切齿，横眉冷对，所以，一上场就要凶狠搏击，拼个你死我活，具有压倒一切的气势。"

"快"就是主动，不拖泥带水；"准"就是判断准确，接发球准确；"灵"就是灵活机动。这四个字中，"快"和"准"是基础，"灵"是生命力。张燮林认为，邓亚萍这四点都做到了。他说："邓亚萍打球，不但狠，而且变化多，反手弄个短的，正手来个直线，拱你一板，招数很多，打得很灵。"

其实邓亚萍的获胜，并不仅仅是靠"狠、快、准、灵"，一个世界冠军的产生并不仅是技术的提高和成熟，还需要心智的成熟。邓亚萍深知自己先天的不足，她在训练中从来没有停止过思考，从不放弃每一个提升自己的机会。

邓亚萍每天的训练都是有计划、有目标的。每天先练什么，再练什么，甚至在每一项专项训练中怎么练也有设计。比如在练习一百下正手的时候，邓亚萍不仅要练习挥拍，还要练习不同的步伐、不同的发力点和球的旋转特点。练习接发球的时候，

打不败的"小个子"

邓亚萍并不满足于练习数量，而是对每一个球的路径、落点、变化仔细分析，进行归类判断。

练的时间长了，邓亚萍发现，训练场周围的环境，球拍上不同胶皮的特点，她都烂熟于心。只要拿起球拍，她就会想起训练时的一些情况和反应，会自觉地调整自己的状态和打法，形成"肌肉记忆"。乒乓球对于她而言，已经是生活的重要部分。至于输赢，她似乎没有以前那么介意了。

邓亚萍永远都记得八岁的自己穿着妈妈缝制的装满沙子的衣服，挥着冻得像面包一样的小手，每天练习十个小时的情景。从那个时候开始，她就因为先天条件的不足付出了比常人要多得多的努力。每次打输了，邓亚萍都非常沮丧。她也想过一些办法，比如对自己说："邓亚萍！你是最棒的！你一定会赢！"但有几次邓亚萍在正式比赛落后时对自己这样说了以后，反而因为一直惦记着上一个球的失误，影响了自己的发挥。邓亚萍意识到这样做没有太大意义，她反问自己："邓亚萍，你凭什么是最棒的？你凭什么一定会赢？"

想明白这一点后，邓亚萍知道，不能只是简单地用"打鸡血"的方式给自己鼓劲,而应当少想结果,多想过程。要用训练的心态去比赛,严格按照训练的要求去做,才有可能最终赢得胜利。

于是,邓亚萍在赛场上再给自己鼓劲的时候,会对自己说:"邓亚萍!打好这一球!"如果这一球没有打好,邓亚萍会安慰自己说:"打好下一个!"

每打了一个好球,邓亚萍会大声鼓励自己:"漂亮!"她不再去想最终到底会不会赢,只是时刻提醒自己:"邓亚萍!你的准备已经很充分!你可以打好这一球!"

"打好每一球"的信念让邓亚萍更冷静、更专注,打球的时候也更兴奋了。她清醒地意识到,自我激励不可能一步到位,正确的做法是关注过程,激励自己把一件件小事做好。一次转一百八十度的弯不容易,但一次转三十度就比较容易做到,也更容易成功。

邓亚萍记得在国家队的训练场里曾经挂着一条横幅,上面写着:"没有杀不死的球,没有防不住的球。"有的运动员看到这句话会以为,只要拼命练习，就会解决丢球的问题，但邓亚萍并不这么想，虽然她也在苦练，甚至比其他人练得更努力，但她从来没有觉得只要苦练就能解决一切问题。

队友们给邓亚萍取了一个"拼命三郎"的绰号，因为她训练时实在是太拼了，但邓亚萍心里知道，只知道拼命是赢不了球的。每天从训练场回去后，邓亚萍还要琢磨可能对战的对手的打法，思考自己面对他们的时候该采取什么样的对策。针对自己前三板凶猛、相持球被动的特点，邓亚萍专门进行了有针对性的训练。

经过多年的训练和比赛，邓亚萍清醒地意识到，训练必须科学合理，才能有效提高自己的战斗力。中国乒乓球队有一套名为"死亡训练法"的训练方法，邓亚萍经常主动要求参加。

这套方法要求运动员在比赛开始的时候，比分并不是0比0，而是3比7或是4比8之类。这样看似只是比分进行了改变，实际上考验的是选手的抗压能力。比分领先的一方获胜的概率较大，而比分落后的一方稍不留神就要输球。

在重要的赛事中，选手经常会遇到比分接近或是大比分落后的情况。这个时候考验的不仅是运动员的技术,同时考验的还有他们的抗压能力。有时最终决定胜负的正是运动员的抗压能力。

所以,打不败的"小个子"的成功不是偶然,她凭借的不只是刻苦练习和不服输的个性,还有智慧的头脑与好学的态度。对于那些打法特殊的世界冠军,邓亚萍早就对每个人平时的训练状态、技术上的优势和劣势、赛场上的表现等进行了细致的分析。每次大赛前她都要把这些功课做一遍,尽可能在赛场上做到万无一失。

一九九二年巴塞罗那奥运会上,邓亚萍在八分之一决赛时遇到了匈牙利选手巴托菲。巴托菲被称为"欧洲之虎",她的高抛发球和正手弧圈球打得非常好,每次邓亚萍和她交手都打得很艰难。

这次比赛前,张燮林和邓亚萍谈起巴托菲,邓亚萍态度坚决地说:"再难打也得上!我有信心,我准备得很充分。"

上场后,邓亚萍抓住巴托菲不善于打相持球的特点,处处限制她的长处,很快就以3比0胜出。巴托菲的教练无奈地说:"我们的巴托菲抽谁都行,就是怕抽邓亚萍。"

  巴托菲不知道的是,她也曾经是邓亚萍畏惧的对手。只不过邓亚萍敢于鼓起勇气打败她。打败巴托菲对邓亚萍而言有着不一般的意义,让她对未来有了更多的信心。赛后,邓亚萍对记者说:"我现在的愿望是,在所有乒乓球项目的奖杯上都刻上邓亚萍的名字!"

报国就在今日

一九九〇年初,为了迎接第十一届亚洲运动会,邓亚萍投入到了紧张的训练中。这是第一次在中国举办亚运会,每个运动员都希望能在赛场上为国争光。

盛夏时节,树上的蝉热得大声叫唤,树叶也被太阳晒得耷拉下来。乒乓球训练馆却因为整修,停止了冷气供应。没有冷气设备,在训练馆里待一会儿就浑身冒汗,但每个运动员进去后都马上自觉开始训练,没有人叫苦。

邓亚萍是练得最艰苦的那一个。她在腿上绑上沙袋,在球台前腾挪跳跃,反复练习着每一个挥拍的动作。汗水流下来,打湿了她脚下的地面,邓亚萍只好换一个球台继续练习。每天她都是最后一个走出训练馆的人，食堂的师傅们看她总是来得很晚，就专门给她开了一个"晚来灶"等她吃饭。

有人问邓亚萍："这么高强度的训练，一般人都接受不了，你是怎么坚持下来的？难道你不觉得辛苦吗？"

邓亚萍笑着说，如果别人逼着你去干自己不愿意干的事情，那才叫痛苦。自己从骨子里热爱乒乓球运动，为了提高球技而训练，这是自己心甘情愿做的事情，不会觉得痛苦，自然也就坚持下来了。接受记者采访的时候，她说："每天十个小时泡在训练场上，一身汗水，一身疲惫，但摸一摸胸前的奖牌，这点苦也就尝不出味道来了。"

亚运会前，有人要她谈一谈比赛的对策，邓亚萍胸有成竹地说："我打算双管齐下。赛场上，首先从精神上压倒对手，以充沛的精力、旺盛的斗志，让对手感到你来者不善。比赛中，尽量发挥自己站台近、起板快、抢攻猛的特长，争取压着对手打，这样才有希望。"

一九九〇年九月，期盼已久的第十一届亚洲运动会在北京举行。有三十七个国家和地区的六千多名运动员参加了这次体育界的盛会。为了迎接八方来客，北京的大街小巷都插上了国旗，到处摆放着鲜花。

九月二十二日下午，亚运会开幕。当中国体育代表团走进北京工人体育场时，体育场内响起了《歌唱祖国》的歌曲。虽然参加过很多国际比赛，但这次比赛是在自己国家举办的，走在运动员队伍里的邓亚萍格外激动。邓亚萍暗暗告诉自己：一定要在比赛中创造出能够报效国家的战绩。

九月二十七日晚，亚运会女子乒乓球团体赛决赛开始了。团体赛需要四名队员，国家队人才辈出，许多队员都比邓亚萍更有大赛经验，但根据邓亚萍近期的表现，教练组大胆地让邓亚萍去参赛了。

在赛前的预备会上，听着教练对形势的分析和安排，邓亚萍突然有些不自信了。她小声对张燮林说："我，我觉得我练得不如人家多……"

"谁练得也没有你多！你不要犯嘀咕，你说，训练馆的门钥匙在你手上，哪天不是你练到最后？"邓亚萍的话没说完，就被教练打断了。

张燮林坚定的眼神让邓亚萍猛然醒悟了。是啊，每天练得那么苦，那么累，不就是为了在这个时候为国争光吗？邓亚萍不再有畏难情绪，认真地开始做赛前准备。

决赛在中国队和韩国队之间进行。韩国队实力雄厚，是上一届亚运会的女子团体冠军。她们这次的目标是卫冕。赛前，中国队认真分析过韩国队的打法和表现，进行了周密的安排。然而，体育比赛有很多偶然性，常常会发生很多出乎预料的事情。

这天晚上的每一场比赛都打得很激烈，看台上的观众们忽而高兴，忽而沮丧，心全被那个小球牵动着。

第一场，乔红负于韩国选手洪次玉。整场球乔红打得很被动，正手不敢发力，常常退到中台被动防守。而对面的洪次玉超水平发挥，以2比1战胜了乔红。

第二场，邓亚萍迎战韩国选手玄静和。

玄静和是韩国第一号主力，技术非常全面。邓亚萍虽然没有和玄静和交过手，但已经在录像里多次熟悉和分析了她的打法。邓亚萍一边向球台走去，一边在心里将对手的特点又回想了一遍。

这时，邓亚萍听到看台上有人在喊她的名字，她抬起头，看到一条巨幅标语："亚萍，此时不搏，更待何时！"

邓亚萍不禁握了握拳，心底暗暗对自己说：今天一定要赢。

然而，体育比赛并不是有决心、有信心就能赢的。

第一局，邓亚萍按照预先了解到的玄静和的球路特点去进攻，但玄静和的反手推挡非常有力，以快制快，成功化解了邓亚萍的攻势。虽然输了一局，但邓亚萍并不惊慌，在这一局中，她已经摸清了对方的特点，马上想到了应对之策。

第二局开始，邓亚萍调整了打法，用快手反拨和正手重扣的战术迎战对方。玄静和没想到那么短的时间，邓亚萍像是换了一个人一样，竟打出了许多落点巧妙、线路刁钻的球。玄静和被打得手忙脚乱，在邓亚萍的大力扣杀下，很快败下阵来，接连两局都以12比21的比分输给了邓亚萍。

第三场是双打,邓亚萍、乔红对战玄静和、洪次玉。

双方运动员旗鼓相当,比分从一开始就咬得很紧,险象环生,好几次都打成了平局。

在第一局打到13比14的时候,玄静和打了一个擦边球,裁判没有看到,判给了中国队一分,比分成了14比14。

邓亚萍马上想到了上次李惠芬打的那个擦边球。那一次决赛是在中国队员之间进行,虽然最后无论谁得了冠军都是中国队获胜,但教练说的"赢得光彩,输得大度"让她记忆犹新。

邓亚萍毫不犹豫地举手请裁判更改了比分。这一局,中国队输了。

第二局,中国队赢了。

第三局是决胜局,看台上出现了一条"万里长城永不倒"的横幅。邓亚萍和乔红互看了一眼,坚定地点了点头。

刚开始的时候,比分是6比14,中国队远远落后,但邓亚萍和乔红沉着冷静,一分一分追了上去,比分打到了20平。

韩国队员也不示弱,她们稳稳守住,伺机还打一个反击,双方的比分咬得很紧——21平,22平,23平,24平,25平,26平,27平,28平,这样的分数在世界乒乓球大赛中也是非常罕见的。

这无疑是一场残酷的消耗战。中国姑娘五次领先,又五次被扳平。她们顽强的斗志令场外的观众赞叹。然而遗憾的是,中国队最后以28比30输掉了这场比赛。

第四场是乔红对战玄静和。乔红一改双打时的被动,主动出击,以悬殊的分数打败了玄静和。

此时,中国队和韩国队的前四场比赛打成了2比2,这意味着最后一场比赛一定是一场恶战。

第五场是邓亚萍对战洪次玉。洪次玉在第一场打败了乔红,又在双打中获胜,此时正志得意满,想要再次赢得比赛。

邓亚萍很平静,双打时的交手让她对洪次玉的打法不再陌生,心里已经想好了该怎么应对。

作为一名大赛型选手,邓亚萍常常越战越勇,能在最艰难的时候绝地反击。一上场,邓亚萍就以迅雷不及掩耳之势发起了进攻,洪次玉还没找到反击的节奏，比赛就以21比15结束了。

第二局邓亚萍依然用同样的打法，用巧妙的落点让对方应接不暇，比分一度打成了20比16。只差1分就能赢了，邓亚萍暗暗松了一口气。

可就在这时，洪次玉背水一战，突然有如神助，接连赢得4分，将比分追成了20比20。

邓亚萍猛然醒悟过来，对手一刻也没有放松，而自己只是领先一点儿就松懈了，险些失去了这一局。她立刻振作起来，命令自己：必须拿下这一局，否则第三局更难打。

面对这样的比分，场外的观众比邓亚萍更紧张。啦啦队停止了加油呐喊，整个赛场安静得像是没有比赛。

轮到洪次玉发球了。当乒乓球呼啸着飞过来的时候，邓亚萍不慌不忙地打了回去，终于赢得了1分。接下来，两个人你一拍我一拍，打得难分难解，赛场里大家都屏住呼吸，偌大的场馆里只有乒乓球落在球台上的声音。就在第四个回合的时候，洪次玉的球打出了界外，比赛以20比22结束了。

看台上的观众发出了震耳欲聋的欢呼声。有人打出了一条巨幅标语:"祖国人民谢谢你们!"

站在女团冠军的领奖台上,看着五星红旗冉冉升起,邓亚萍心里升起一种从未有过的幸福感和自豪感。她对自己今天的表现很满意,当记者采访她的时候,她毫不避讳地说:"我应该拿这个冠军,因为我付出的太多了。有了赛前不可想象的训练,才有亚运会上不可想象的发挥。我对这次比赛的印象太深刻了。"

后来,邓亚萍这样回顾这场比赛:"作为一个中国人我是很自豪的。我打球为的是报效祖国。我常想,虽然我才十七岁,但是我能在这个位置上为国出力,也只有短短几年的时间。因为,说不定什么时候,更优秀的青年选手就会取代我。如果我不珍惜在这个位置上的每一个机会、每一秒宝贵时光,将来我会后悔的。所以,只要一上场,我就不自觉地产生这样的念头:好好打,报效祖国。正是如此,每次比赛我都能放得开,打得出。在这次亚运会上,我之所以敢打敢拼,打得这么畅快,就是我牢牢记住了这句话:'报国就在今日!'"

紧接着,邓亚萍又参加了女子单打、女子双打和混合双打的比赛。她对自己说："团体比赛已经过去了，一切从头开始。"

九月三十日晚的混合双打比赛，是中国选手和韩国选手之间的较量，邓亚萍和韦晴光对战韩国的玄静和与刘南奎。

韩国的两位选手是第四十届世界乒乓球锦标赛的混合双打冠军，所以观众都看好他们俩。邓亚萍和韦晴光虽然配合默契，攻势凌厉，但前两局也是一胜一负。

第三局开始了，起初，邓亚萍和队友处于优势，但很快就被对方追到了15平。看到对手越战越勇，邓亚萍的斗志也被点燃了。她和韦晴光沉着应战，很快将比分打到了19比17。然而，对方的实战经验也很丰富，遇到这样的比分依然冷静地和中国队员周旋。赛场上险象环生，很多球看似马上就要赢了，又硬生生被对方接了回来。这之后韩国队快速反攻，但还是以3分之差，输掉了这场比赛。

在这之后的女子单打和双打中，邓亚萍都有突出的表现。有人评价："从她身上，人们寻回了久违的中国乒坛名宿们沉着冷静、敢打敢拼的作风！"

亚运会的乒乓球赛每场都有直播。那几天，只要有邓亚萍参加的比赛，她的父母早早就坐在电视机前，目不转睛地看着女儿的一举一动。他们为女儿的成功高兴，也为她的失误担心。当邓亚萍战胜洪次玉的时候，蔡荷珍高兴得跳了起来，喜悦的泪水夺眶而出，她看着电视画面上的女儿，喃喃地说："亚萍！你真争气！"

看过比赛的人们来自全国各地，他们纷纷给邓亚萍写信，表达自己要学习邓亚萍的拼搏精神、为国争光的心情。其中一封信这样写道："你在亚运赛场上的表现给我留下了美好的印象。全国人民同心同德，学习你刻苦耐劳、奋发进取的精神，中国前途光明，大有希望！"

第十一届亚运会闭幕了。国家体委训练局召开了一场"群星荟萃联欢会"庆功。邓亚萍被要求表演一个节目，她想了想说："那就唱一首《我的未来不是梦》吧。"

为了唱好这首歌，邓亚萍一连两个晚上躲在宿舍里练习，把这首歌唱了一遍又一遍。当她走上舞台时，观众们看到这位在亚运会上夺得三金一银的乒乓球运动员，立刻热烈鼓掌。

邓亚萍动情地唱道："我知道，我的未来不是梦，我认真地过每一分钟，我的未来不是梦，我的心跟着希望在动……"全场观众一起用掌声为她打着节拍，邓亚萍连连向观众鞠躬致谢。

对于邓亚萍来说，亚运会上取得的三金一银的成绩已经成为过去，前方还有很多场战斗在等待着她。

邓亚萍被打哭了

亚运会之后,邓亚萍毫无疑问成了中国乒乓球女队的主力队员。然而,体育比赛的输赢有很多意想不到的因素,并不能保证强者恒强。中国乒乓球队的成绩一直位居世界前列,已经形成了一种惯例:中国乒乓球队赢球不是新闻,输球才是新闻。这无形中给了运动员很大的压力。

邓亚萍虽然斩获了许多个世界冠军,但在国内也会输给一些名不见经传的年轻选手。邓亚萍输球除了一些偶然因素外,一个重要的原因是她成了"众矢之的"。

邓亚萍一次次夺冠后,很多选手都开始研究她的打法。大家都想赶上她,超越她。中国乒乓球水平很高，国内比赛已经达到了世界水平。国内很多选手都在暗地里苦练，想要赢邓亚萍一次。

输了球的邓亚萍也会难过，也会哭，毕竟她只是个不到二十岁的年轻姑娘。

一九九一年初，国家乒乓球队到中国乒乓球队黄石乒乓球训练基地进行封闭式训练。集训结束后，在黄石举行了一场公开赛。这场公开赛中，邓亚萍输给了上海选手唐薇依。

唐薇依比邓亚萍大三岁，也是一个进攻型选手。她的弧圈球打得非常好，奇特的球路往往让对手无法预料，就连邓亚萍有时也疲于应付。

在一九九一年的中国乒乓球公开赛中，邓亚萍以1比3的成绩输给了唐薇依。第二年的全国乒协杯决赛上，唐薇依再次打败了邓亚萍，获得女单冠军。

接二连三输给一名从未获过世界冠军的选手，邓亚萍意识到了问题的严重性：如果在奥运会上遇到一位这种打法的运动员，自己有多少胜算呢？天外有天，山外有山，这个世界上还会有很多比自己强的人。要想不落后，只有更加努力地训练，针对各种不同的打法，努力找出克敌制胜的方法。已经成名的邓亚萍，每天仍然要腿上绑着沙袋打一千多个球。双腿磨出了血疱，就缠上绷带继续练。她的双脚茧子摞茧子，根本不像是姑娘的脚。

邓亚萍输球后哭过很多次，不过，哭的时间最久的一次是在一九九一年第四十一届世界乒乓球锦标赛中国女队团体赛失利后。那天，失利后的姑娘们抱头痛哭。邓亚萍起初只是呆呆地看着大家哭，直到有人拍了拍她的肩膀说："小邓，单项加油，没关系！"

邓亚萍这才意识到中国队是真的输了，世界乒乓球女子团体冠军奖杯——考比伦杯不是中国的了。她哇的一声大哭起来，一边哭一边在心里问自己：我们为什么把这个冠军丢了？前辈们那么多年都保住了，为什么在我们手中丢了？我决不能原谅自己。

邓亚萍一夜没睡，第二天也没有去看男子团体比赛。她躲在房间里，打开电视机，但一看到转播的球赛，不由得又哭了。第三天，大家都去购物游览了，邓亚萍没去。等大家都走后，她抓过背包，装了好多个乒乓球放进去，背着背包来到了空无一人的训练馆。

单打金牌一定要拿下！邓亚萍暗暗对自己说。她开始在训练馆练起了发球——团体赛那天因为发球被判罚了，所以更要好好练发球。最终，邓亚萍如愿以偿地拿到了女子单打的金牌，但没能获得女子团体冠军仍然让她深感遗憾。

一九九三年三月，在河南省体育馆举行的"双汇杯"全国乒乓球精英赛中，邓亚萍以0比2的比分被江苏选手邬娜击败。这个结果让邓亚萍难以接受，比赛结束的时候，她又哭了。

记者写了一篇题为《邓亚萍被打哭了》的文章，刊登在《体育时报》上。这篇报道出来后，人们并没有笑话邓亚萍，反而有很多人用写信或是写文章的方式安慰和支持她。《乒乓世界》上刊载了一篇署名小荷的文章，题为《亚萍，不要哭》。文章中有这样一段话："你真的是'被打哭'的吗？其实，胜败乃兵家常事。驰骋赛场多年的你，应该更明白这个道理。赛场如战场，每个人都有失败的可能。赛场上没有永远的胜利者，就如这世间不可能有永远的辉煌一样，更何况这一次失败并不是说永远失败了。你还年轻，还有很多次重新取胜的机会。"

人们的理解和鼓励让邓亚萍得到了莫大的安慰。她将输球的不甘和愤怒放在一边，又投入到了艰苦的训练中。

输了球，可以哭，但哭过了，比赛还要继续。邓亚萍擦干眼泪，再次踏上了征途。在此之后，邓亚萍哭得越来越少了。每次从领奖台上走下来的时候，邓亚萍都会对自己说："从零开始，再创辉煌。"

邓亚萍心里明白，没有谁是常胜将军，只有一次次从头开始，脚踏实地地训练，才能在下一次比赛中赛出好成绩。

一九九四年广岛亚运会，邓亚萍输掉了女单金牌。

众所周知，当时世界上最具实力的三个女乒乓球运动员是邓亚萍、陈静和乔红。比赛前，教练和邓亚萍周密地分析了两个对手的情况，制订了比赛策略。然而，他们没想到的是，这场比赛中杀出了一匹黑马——小山智丽。

小山智丽先是淘汰了陈静，紧接着又打败了乔红，一跃成为邓亚萍的决赛对手。看到决赛名单，邓亚萍和教练都很震惊。

决赛的时刻到了，虽然邓亚萍做了充分的准备，但小山智丽的表现远远超出了她平时的水平，很快就赢得了胜利。

邓亚萍输球后，教练和媒体都向她提出了一个问题："你是怎么回事？是不是心态出了问题？"

邓亚萍仔细回想了这场球赛。她觉得自己把能用的所有方法和战术都使用了，但那天小山智丽的发挥非常出色，邓亚萍根本无法打赢。于是她冷静地说："不，我已经发挥得足够出色，但是，小山智丽那一场打疯了。"

这次失败并没给邓亚萍带来太多的影响，二十一岁的她在比赛中已经不简单地用输赢来评判自己。她只关注怎么把每一分打好，注意力永远都放在如何打好下一个球和下一场比赛上。

从零起步更快

从一九七五年第三十三届世界乒乓球锦标赛开始，中国女子乒乓球队连续八次拿到了团体冠军，考比伦杯也连续十六年属于中国乒乓球队。

一九九一年四月，在日本千叶举办的第四十一届世界乒乓球锦标赛女子团体决赛中，中国女队失去了属于我们十六年之久的考比伦杯。那天失败的场景，邓亚萍很久都不敢回忆。其他队员也和她一样，大家都刻苦训练，期待着有一天能一雪前耻，夺回考比伦杯。

一九九三年五月十一日，第四十二届世界乒乓球锦标赛在瑞典哥德堡开幕。乒乓球女子团体比赛的时间是北京时间凌晨一点。然而通过卫星信号的转播，许许多多的中国人都在观看着这场扣人心弦的比赛。

第一场，乔红赢了俞顺福。

第二场，邓亚萍胜了李粉姬。

第三场，邓亚萍和乔红双打又赢了。

中国女队以3比0的战绩成功地夺回了考比伦杯。

这次征战，中国女队的十场比赛打出了十个3比0。这个比分足以向世人展示中国女子乒乓球队的实力。然而所有人没想到的是，她们虽然夺回了考比伦杯，但之后的单打和双打都失败了。邓亚萍和乔红连十六强都没有打入。

邓亚萍平时打球又快又怪，那几场比赛却频频失误，根本没有正常发挥。赛后，她的对手在接受采访时说："邓亚萍的失误太多了。"

这次比赛输得如此之惨，除了运动员个人原因外，也与参赛对手大部分是从小在中国接受系统训练，具备较高技术水平后，又到国外去做职业运动员的选手有关。

邓亚萍原本打算这次比赛要蝉联三届冠军，但现实的结果是她连单打的决赛都没有进入。她反复思考这两届世界乒乓球锦标赛的情况，第四十一届丢掉了团体冠军，但单打和双打的成绩都很优秀；第四十二届拿到了团体冠军，但单打和双打的成绩却一塌糊涂。

和教练讨论后发现，第四十一届出师不利，输了团体赛后，大家没有了包袱，反而打得很轻松，因此后面的单打和双打比赛都获胜了。而第四十二届打了一个开门红，大家在之后的比赛中反而有顾虑，担心自己打不好。想明白这一点后，邓亚萍长长地舒了一口气。认输不服输的性格让她开始寻找赛场上控制情绪的对策。

邓亚萍开始对运动心理学产生了兴趣，她阅读了一些相关书籍，请教教练和朋友，找到了很多应对比赛压力的方法。

一九九六年，亚特兰大奥运会乒乓球的女单决赛上，邓亚萍遇到的对手是中国台北队的陈静。陈静在前面的半决赛中没有败绩，以3比0的成绩获得了全胜，很多人都认为她最有希望夺冠。

此时的邓亚萍面临着巨大的压力。一九九二年的巴塞罗那奥运会上，邓亚萍获得了冠军，今天的比赛大家都希望她能卫冕。比赛前，邓亚萍和教练聊天，她说："陈静正常打肯定打不赢我，但我感觉肯定会有场外因素，到时候她肯定会特别拼，跟平常不大一样。"

教练并没有帮她分析陈静的情况，而是云淡风轻地说："跟训练时一样打就好。"

决赛开始，邓亚萍上场了。

前面两局她打得比较谨慎，每一球都打得毫无纰漏，轻松取胜，只要再赢下第三局，就能成功卫冕。邓亚萍脸上的表情虽然没有什么变化，但内心的压力比刚上场时减轻了很多。

然而，就在邓亚萍轻松上阵的时候，和她预想的一样，陈静想到自己可能只有这最后一局的机会，心态立刻发生了改变。她不再小心翼翼地接发球，而是打出了凌厉的攻势。

此时赛场外发生了一件事，一名观众大吼大叫，扰乱秩序，比赛只能暂停了。十几分钟后，当比赛继续进行时，从邓亚萍的状态可以看出她明显被打扰了，虽然没有失误，但她打过去的几个角度刁钻的球都被陈静接住，并狠狠地扣杀回来。陈静的几次抢攻都获得了成功，比分发生了逆转。虽然邓亚萍奋起直追，但最终还是以20比22输了这局比赛。

第四局开始了，邓亚萍不敢再掉以轻心，小心地应对着陈静的进攻。然而，陈静又一次赢了。

比分从原来的2比0变成2比2。看台上支持邓亚萍的观众都紧张起来，原以为唾手可得的金牌现在不知最后会花落谁家。很多人都攥紧了拳头，紧盯着坐在休息区的邓亚萍。大家担心邓亚萍会输掉这场比赛。

邓亚萍看着对手，心想：陈静的反弹是在预料中的，只要我找回状态，她就不是我的对手！

比赛马上又要开始了，只见邓亚萍慢慢站起身，走到球桌前。她伸出手，慢慢地用力摁向球台，当手掌触及球台的一刹那，邓亚萍的心安静了下来。此时，蓝色球台像一片蓝色的海，温柔而宁静，观众的加油声，赛场外的嘈杂声立刻都消失了，她的眼前只有这张蓝色的球桌。她直起身，抓起了球拍。

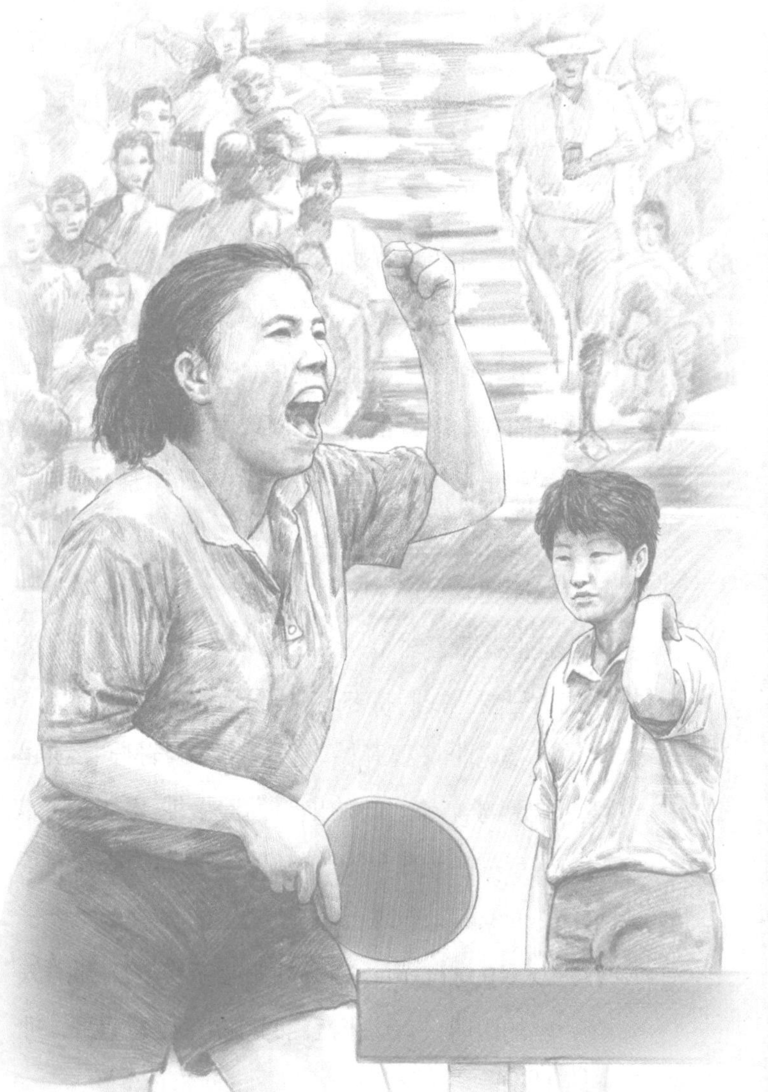

比赛开始了，邓亚萍像是换了一个人一样，她盯着那个跳动的小球，握紧拍子，有节奏地进攻、防守，一拍接一拍将球打过网去。邓亚萍的攻势让陈静有些措手不及，她还没有完全调整好应对的节奏，邓亚萍就已经以21比5的比分结束了比赛。

赛场上的观众沸腾了，人们欢呼着庆祝胜利。大家认为，这是邓亚萍破釜沉舟、奋力拼搏赢得的比赛。

邓亚萍悄悄走向一边，只有她自己知道，能够赢得比赛，并不仅仅靠努力拼抢，每次发球前摁压球台的那个动作也至关重要。正是这个动作，让她完全冷静下来，以最佳的状态打好下一个球。教练曾经告诉过她，当比赛面临困境的时候，摁摁球台，清空之前的失误和成功，专注在新的一球上才能获得胜利。也正是凭着一切从零开始的心态，邓亚萍才能专注比赛，取得成功。

邓亚萍时代

在中国乒乓球历史上，从二十世纪八十年代末到九十年代末近十年的时间里，邓亚萍几乎将各项世界大赛的女子单打和双打冠军都收入囊中。媒体将这一时期称为"邓亚萍时代"。

这十年中，邓亚萍收获了世界乒乓球大赛女子冠军的大满贯。邓亚萍在两届奥运会中共获得四枚金牌，是中国奥运史上第一个夺得四枚金牌的人，也创造了吉尼斯"获得奥运会女子乒乓球项目金牌最多的运动员"的纪录。

十年中，邓亚萍一共拿到了十八个世界冠军，收获了一百多枚金牌，连续八年排名世界第一，创造了"最长时间蝉联世界排名第一的乒乓球运动员

（女性）"的吉尼斯世界纪录。

从一九八八年正式加入国家队开始，邓亚萍每年都有不俗的成绩。

一九八九年，第四十届世界乒乓球锦标赛，邓亚萍和乔红拿下了女双冠军，成为中国乒乓球历史上最年轻的世界冠军之一。这一年中，邓亚萍还在其他乒乓球大赛上拿到了十二枚金牌。

一九九〇年，首届世界杯乒乓球团体赛，邓亚萍与队友乔红、高军、陈子荷合作，赢得了女子团体冠军。她还在第十一届亚运会上获得了女子团体冠军、女子单打冠军和混合双打冠军，并且在其他国内外的乒乓球大赛上拿到十四枚金牌。

一九九一年，第四十一届世界乒乓球锦标赛，邓亚萍夺得女单冠军，还获得了包括巴塞罗那世界杯赛等国内外乒乓球大赛的十五个冠军。

一九九二年，巴塞罗那奥运会，邓亚萍拿到了女单和女双两枚金牌，还在世界杯赛、亚洲杯赛和全国锦标赛等国际国内的大赛上获得了九个冠军。

一九九三年，第四十二届世界乒乓球锦标赛，虽然没有获得单项冠军，但邓亚萍带领中国队获得了女子团体赛冠军。除此之外，她还在全运会等大赛中获得了九个冠军。

一九九四年广岛亚运会，邓亚萍获得了混合双打冠军和女子团体冠军，但女单决赛不敌日本选手，只拿到了银牌。这一年的其他大赛中，邓亚萍还获得了至少七个冠军。

一九九五年，第四十三届世界乒乓球锦标赛，邓亚萍收获了女单、女双和女子团体三项冠军以及世界杯赛的女子团体冠军，同年还获得了国内大赛的十五个冠军。

一九九六年，亚特兰大奥运会，邓亚萍获得了女单和女双两枚金牌。这一年，乒乓球世界杯不再只有团体赛，开始有了女单比赛。邓亚萍在比赛中击败对手，获得了冠军。

至此，邓亚萍已经囊括了奥运会、世乒赛和世界杯三大赛的单打冠军，实现了大满贯。

一九九七年，第四十四届世界乒乓球锦标赛，邓亚萍蝉联了女单、女双和女子团体三个项目的冠军。比赛结束后，邓亚萍决定退役。

一九九八年九月，邓亚萍正式退役。

其实,早在一九九六年奥运会后,邓亚萍就想退役了。退役的一个重要原因是,她身上的伤痛已经严重影响了她的训练。

当时,邓亚萍从脖子、腰到脚都有伤。尤其是脚上的骨刺,常常让她一跑动起来就像针扎一样疼。每天训练前,邓亚萍必须做四十分钟到一个小时的准备。她要把身上的伤处理好,再在队医的帮助下热身、拉伸。上场练一个小时后,教练和医生就不许她再训练了。

有人惋惜她那么早就离开了心爱的乒乓球,有人觉得她急流勇退是想给其他队员提供更多的机会。一位长者问邓亚萍:"你的奖牌和奖杯都放在什么地方?"

邓亚萍说:"我爸妈空出了一间屋子,专门作为荣誉室,把我得过的所有奖牌、奖杯、奖状全部放在这个屋子里。"

长者说:"你应该把它们都收起来,因为这些已经统统成了过去。"

邓亚萍听后陷入了沉思。她把所有的金牌和奖杯都打包收好,放进一个箱子锁了起来。箱子落锁的一刹，邓亚萍知道，她和以往的辉煌告别了，以后就要重新上路，不再背负这些荣誉。

邓亚萍时刻记得那位长者跟她说过的话，无论自己做运动员的时候取得过如何令人瞩目的成绩，不再做运动员后，以前的一切就都归零了。只有放下曾经的荣誉，保持勇往直前和拼搏向上的精神，才有可能真正进入新的领域并取得成功。

不一样的选择

宣布退役后的邓亚萍非常清楚,已经取得的成绩或许就是她的人生巅峰,是她这一生取得的最大成就。以后无论她做什么、怎么做,都无法超越这个成绩。她的下半生无论去做什么,都会被介绍为"前世界冠军、前乒乓球运动员邓亚萍"。在她面前,好像只有一条笔直的下坡路。

但身经百战的邓亚萍不会轻易放弃,她一直记得一句话:"功成不必在我,而功力必不唐捐。"退役后的邓亚萍想证明一件事:运动员可以有不一样的选择。

小时候为了练球,邓亚萍很早就放弃了学业。如果不做运动员,她想做的第一件事是回到校园,用更多的知识充实自己，更好地完善自己。

一九九七年，还没有退役的邓亚萍进入清华大学外语系学习英语。

她把从零起步的方法不仅用在打球上，还用在了学英语上。

在清华大学的第一节英语课前，她对英语老师说："我在清华没办法上来就跟大课，我没有基础，尤其是英语。"

英语老师问她："你的英文是什么水平？"

邓亚萍坦然地说："零。"

英语老师笑着说："那你从二十六个字母开始试试吧。"

邓亚萍拿出一张纸，把自己知道的所有英文字母都写了一遍，她写得歪歪扭扭，有的字母写的是大写，有的字母写的是小写。她绞尽脑汁写了好半天，都没有凑齐二十六个字母。老师这才知道，邓亚萍不是谦虚，而是真的一点儿英文底子都没有。

这个时候，邓亚萍被国际奥委会主席萨马兰奇任命为国际奥委会运动员委员会委员。第一次去开会，邓亚萍就遇到不小的麻烦。

所有国际奥委会的委员都懂得多国语言，只有她一个人带着翻译。听大会发言还好一些，讨论环节邓亚萍需要翻译解释之后才知道别人说什么，等她反应过来的时候，人家已经在说其他话题了。

回来之后，邓亚萍发誓要学好英语。虽然底子很差，但邓亚萍知道，只要自己努力，总会有收获。

邓亚萍决定一切从头开始。她请教了老师后，给自己制订了一份周密的学习计划：每天早上五点准时起床，晚上十二点休息，保证一天有十四个小时的学习时间。她从一个个字母、一个个单词学起，每天重复着背音标、背单词、做习题、练听力的枯燥学习，就这样整整坚持了三年。

为了有更好的英语学习环境，一九九八年初，邓亚萍去了英国做交换生。到英国没多久，她需要去葡萄牙参加国际奥委会的一个会议。中国奥委会的相关人员建议她要在会上发言，并帮她写好了简短的稿子。

不一样的选择

邓亚萍看着那一页薄薄的纸，却只认识几个单词。她查字典把每个单词都标上音标，又找来一位私人教师，请他把讲话稿录音后，每天对照着讲话稿仔细听，一个单词一个单词跟着念，用了一个月的时间，把这份讲话稿背了下来。

当邓亚萍在大会上用流利的英语完成发言的时候，国际奥委会主席萨马兰奇对现场的听众说："邓才学了几个月的英文，能够有今天这样的发言，我们大家应该给她鼓掌祝贺！"

现场响起了雷鸣般的掌声，邓亚萍给大家深深地鞠了一躬，更坚定了自己学习英语的信心。

从零开始，需要的不仅是勇气，还需要足够的耐心和智慧。经过四年的刻苦学习，邓亚萍完成了毕业论文《国球的历史及发展》，在二〇〇一年取得了清华大学外语系英语学士学位。

邓亚萍并没有就此满足，二〇〇一年，她来到号称拥有"全英国最棒的英语系"的诺丁汉大学，攻读中国当代研究专业研究生，二〇〇二年，邓亚萍完成了四万多字的论文《从小脚女人到奥运冠军》，通过答辩，获得了英国诺丁汉大学中国当代研究专业硕士学位。

二〇〇三年,邓亚萍来到英国剑桥大学攻读经济学博士。二〇〇八年邓亚萍完成了博士论文《全球竞争中的奥林匹克品牌:以北京二〇〇八年奥运会为例》,获得了土地经济学博士学位。在剑桥大学近八百年的历史中,第一次有邓亚萍这样的世界顶尖运动员拿到博士学位。

在攻读学位的同时,邓亚萍开始从政,担任了很多重要的领导职务。

一九九七年,邓亚萍成为国际奥委会运动员委员会委员,后来还在国际奥委会体育与环境委员会以及道德委员会担任职务。

二〇〇三年,邓亚萍当选第十届全国政协委员。

二〇〇七年,邓亚萍开始担任奥运村部副部长兼奥运村办公室副主任。

二〇〇八年,邓亚萍担任国家体育总局体育器材装备中心副主任。

二〇〇九年四月,邓亚萍担任共青团北京市委副书记。

二〇一〇年九月，邓亚萍担任人民日报社副秘书长、人民搜索网络股份公司总经理，全面参与人民搜索的日常管理，全方位推动各项工作。

二〇一六年六月，邓亚萍辞去人民日报社副秘书长职务。

此后，邓亚萍还陆续参加了许多和体育、励志相关的节目，或是做嘉宾，或是担任总教练，希望让更多的人了解体育、热爱体育，也用她自己的经历和体育精神鼓励年轻人。此外，她积极投身公益事业，如在二〇一八年，她与中国妇女发展基金会联合发起了"乡村体育室"公益项目，倡导全民参与体育锻炼，推动乡村体育的普及，用自己的影响力为社会出一份力……

从运动员到学生，再到从政、经商、参加演艺活动、做公益，邓亚萍走出了一条不一样的人生之路。

她非常自豪地说："仅仅从我自己的事业而言，我的确不是最成功的代表，但我证明了一件事——运动员可以有不一样的选择。以后有成绩的运动员退役，在他面前可以选择的道路，一定不仅仅是做教练、带队伍而已。在他之前,已经有一个叫邓亚萍的运动员闯出了一条读博士、做投资、做管理的道路。"

忘年之交

一九九一年,在第四十一届世界乒乓球锦标赛上,国际奥委会主席萨马兰奇注意到了邓亚萍。

作为国际奥委会主席,萨马兰奇对各项体育活动都很熟悉。他提倡"体育结合艺术",为全球的奥林匹克运动做出了很多贡献,大到奥林匹克运动会的日程安排,小到乒乓球的颜色,他都会关注和处理。因为萨马兰奇年轻时曾是一名乒乓球运动员,还获得过西班牙全国男女混合双打冠军,每当有重要的乒乓球赛事,他都尽量抽空去看。

这一天,萨马兰奇专程赶来看男子单打和女子单打的决赛。男子单打的比赛让他感到很失望,而看到女单比赛邓亚萍和李粉姬的对决时,老人睁大了眼睛，严肃的脸上露出了笑容。

这是萨马兰奇第一次看邓亚萍打球，邓亚萍场上不服输的表现和机智的打法让他非常赞赏。比赛结束后，萨马兰奇亲自为邓亚萍颁了奖，这是他作为国际奥委会主席第一次为一名乒乓球运动员颁奖。

当时只有十八岁的邓亚萍并没有意识到萨马兰奇给她颁奖的特殊性，只是觉得场内的气氛不一样了。后来她才知道，国际奥委会主席亲自颁奖，是她个人的荣誉，也是中国运动员的光荣。

从这一天开始，邓亚萍认识了萨马兰奇，很快，两个人就成了忘年交。

这一年的九月，邓亚萍参加了在日本松本县举办的第二届"萨马兰奇杯"乒乓球比赛，一举夺得了女子单打冠军。萨马兰奇看到这个成绩非常高兴，立刻向她祝贺，并请邓亚萍到主席台。

萨马兰奇通过翻译问邓亚萍："什么时候有机会到欧洲去？"

邓亚萍说："今年十一月会去您家乡巴塞罗那参加世界杯团体赛。"

比赛结束，当萨马兰奇给邓亚萍颁奖的时候，两个人都很高兴。萨马兰奇朝邓亚萍眨眨眼睛，邓亚萍立刻笑了。

在这次比赛的告别晚宴上，萨马兰奇请中国奥委会主席何振梁做翻译，邀请邓亚萍去欧洲比赛的时候，到位于瑞士洛桑的国际奥委会总部去做客。萨马兰奇还对邓亚萍说，要好好学习英语。

趁着参加瑞典公开赛的空隙，邓亚萍来到了瑞士洛桑。在路上，邓亚萍学会了一句西班牙卡塔兰方言的问候语，当见到萨马兰奇的时候，邓亚萍立刻用这句话向他问好："BON DIA（你好）！"萨马兰奇感到非常惊喜，他没想到邓亚萍居然会说他的家乡方言。

这天晚上，萨马兰奇设宴欢迎了邓亚萍。两个人坐在一起，像祖孙一样聊着和乒乓球有关的一切。当邓亚萍告诉萨马兰奇自己五岁就跟着爸爸练球时，萨马兰奇惊讶地问："那个时候你有多高？打球一定很困难吧？"

两个人聊到这一届世界杯乒乓球赛，邓亚萍告诉萨马兰奇："比赛用的是黄球、蓝球台，台下装了麦克风,这些完全是按照您的建议和要求安排的。"

萨马兰奇听后很满意,笑着说:"这样才能提高乒乓球的观赏效果,有利于观众观看,也有利于电视转播,否则比赛就变成色彩单调的无声电影了。"

紧接着,萨马兰奇说起了自己年轻的时候作为乒乓球运动员的往事,邓亚萍把自己的球拍送给了他,并请老先生在两个乒乓球上签名。

萨马兰奇一边签名,一边笑着说:"这是我第一次在乒乓球上签名,就像是在一件工艺品上精雕细刻一样。我的名字很长,要绕球一圈才能写全。"

萨马兰奇很欣赏邓亚萍的打法,他觉得那样的打法快速凶猛,很有观赏性。当他们聊到业余爱好时,邓亚萍说自己喜欢游泳、听音乐和唱歌,说着,还演唱了歌曲《我的未来不是梦》。萨马兰奇非常赞赏,在他看来,运动员应当有多方面的兴趣和爱好,还应该提高文化修养。

萨马兰奇嘱咐邓亚萍要好好训练,拿了世界冠军后，还要拿奥运冠军。邓亚萍表示一定会努力。萨马兰奇马上笑着说："我认为你理所当然地就是世界一号，到时候我再给你发奖！"

第二天，萨马兰奇派人带邓亚萍参观了奥林匹克博物馆，请她观看了有关乒乓球运动发展的资料。下午，邓亚萍还参观了国际奥委会总部。为了欢迎邓亚萍的到来，萨马兰奇专门让人在总部门前的旗杆上升起了中国国旗。邓亚萍知道，这样的礼遇不只是给她个人的，而是对整个中国的尊重。

一九九二年巴塞罗那奥运会女子单打决赛的时候，萨马兰奇来到了比赛现场，远远地向邓亚萍打了一个手势。邓亚萍明白，老人希望她夺得冠军。

那天邓亚萍发挥得特别出色，当她最终站在冠军领奖台上时，萨马兰奇兑现了他要为邓亚萍颁奖的承诺。当邓亚萍从领奖台上走下来时，萨马兰奇像个慈爱的爷爷一样搂着她的肩膀说："我早就答应过你要在你当奥运冠军时亲自发奖，我做到了。"

邓亚萍笑着说："开幕式中国队入场时，我看到你远远地对我伸出大拇指，就知道你要我好好干。"

萨马兰奇郑重地和邓亚萍约定，一九九六年的亚特兰大奥运会邓亚萍还要拿冠军，他还要给她颁奖。萨马兰奇再次邀请邓亚萍和她的教练张燮林到他的家乡做客。

一九九五年的第四十三届世界乒乓球锦标赛上，原本参加双打比赛的邓亚萍和乔红已经以０比２落后，但看到萨马兰奇走进比赛场馆后，两个人绝地反击，最终以３比２战胜了对手，拿到了女双冠军。

这是萨马兰奇第四次为邓亚萍颁奖。萨马兰奇紧紧握住邓亚萍的手，两个人都笑得非常开心。颁奖结束后，萨马兰奇还送了两个印有奥运会标志的小礼物给邓亚萍和乔红。

一九九六年的亚特兰大奥运会上，当邓亚萍打败陈静，蝉联奥运会女单冠军后，萨马兰奇高兴地夸奖邓亚萍："你是最能体现奥林匹克更快、更高、更强精神的运动员。"他再一次给邓亚萍颁奖，把那枚凝聚着邓亚萍汗水和心血的金牌挂在她的胸前。

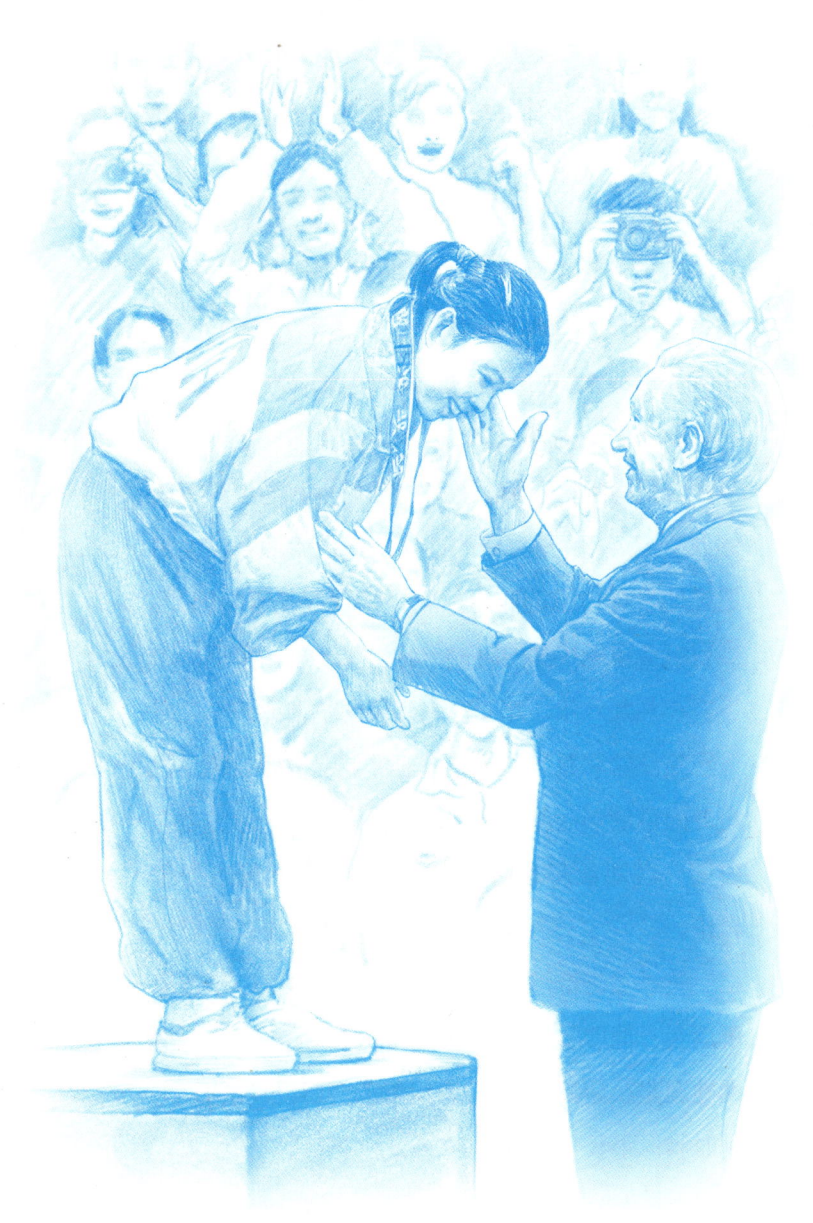

忘年之交

这是萨马兰奇第五次为邓亚萍颁奖，可见邓亚萍在这位老人心里的地位。

一九九七年曼彻斯特世界乒乓球锦标赛后，萨马兰奇推荐邓亚萍成为国际奥委会运动员委员会委员，之后又任命她为体育与环境委员会以及道德委员会委员，希望她能在国际体育领域做一些事。

萨马兰奇对邓亚萍说："我希望你一定要学好英语，只有学好了英语，才能更好地和全世界不同的人交流。"萨马兰奇的话让邓亚萍意识到，要想更好地发挥自己的作用，就必须掌握英语。因此，当有机会重返校园的时候，她选择了学习英语。

一九九八年，邓亚萍来到英国学习。萨马兰奇一直关注着邓亚萍，得知邓亚萍要退役后，萨马兰奇专门邀请邓亚萍和她的教练张燮林到国际奥委会总部，就邓亚萍的伤痛和是否退役的问题进行了讨论。

萨马兰奇希望邓亚萍能够参加二〇〇〇年悉尼奥运会，他希望邓亚萍蝉联三次冠军，自己能再次为她颁奖。他笑着说："悉尼奥运会后，我该退了。到时候你跟我一起退。"

邓亚萍虽然也想继续拿奥运冠军，但她深知自己的身体不允许她再继续打球。于是她向萨马兰奇解释了她要退役的原因，当听到邓亚萍一九九七年在一次比赛时用钢板垫在腰上，双腿是冰镇过才上场时，老人理解地说："奥运会比赛对于运动员来说固然重要，但最重要的还是身体，第二才是比赛。"

看着萨马兰奇眼中充满了遗憾，邓亚萍心里很难受，这个眼神让她终生难忘。

了解到邓亚萍到英国学习要自己负担高昂的费用，萨马兰奇立刻让国际奥委会用奖学金的方式为邓亚萍提供了学费。他认为，这笔钱可以算是奥委会培养年轻干部的费用。邓亚萍暗暗对自己说：一定要学有所成，决不能辜负老人的一片苦心。为了鼓励邓亚萍，年近八十的萨马兰奇还换上运动服，和邓亚萍在奥林匹克博物馆大厅里进行了一场比赛。参观博物馆的人都走过来观战，目睹了一场绝无仅有的比赛。萨马兰奇虽然年迈，但球技也很不错。邓亚萍由衷地赞叹道："您真是宝刀不老！"

邓亚萍在英国学习期间，萨马兰奇还为她安

排了一场表演赛，让英国的公众加深对邓亚萍的了解。

二〇〇〇年十二月，邓亚萍成为"北京申奥形象大使"，开始为北京申办奥运会工作。此时，她在清华大学的学习进入到撰写毕业论文的阶段，每天既要工作又要学习，邓亚萍只能挤占自己的睡眠时间。

当邓亚萍把毕业论文《国球的历史及发展》送给萨马兰奇时，萨马兰奇非常激动。他觉得这是一名中国运动员成长的最有价值的纪念，他把这份论文存放在国际奥委会博物馆。萨马兰奇希望通过邓亚萍的经历，鼓励更多的运动员在退役之后进一步提升自己的能力，加入国际奥委会或其他国际体育组织中工作，发挥更大的作用。

而当邓亚萍的硕士论文《从小脚女人到奥运冠军》出版时，萨马兰奇亲自为这本书作序，并把这本书也收藏到了国际奥委会博物馆。他在序言中写道：

我想对这本书作者做如下评价：为推动奥运精神，邓亚萍一直在孜孜不倦地工作着。作为国际奥委会主席，我曾有幸在两次奥运会上为邓亚萍颁发乒乓球个人单打冠军奖和双打冠军奖。

在结束这段辉煌的体育生涯后，邓亚萍又迎来了新的挑战：转行进入体育管理领域、上大学学习英语；在国际奥委会运动员委员会、中国奥林匹克委员会、二〇〇八年北京奥组委等组织中展现她的聪明才智。

……

邓亚萍是一位杰出的女性，是年轻人的楷模。我曾对她说："世界是你的，因为你拥有开启它的钥匙。"

萨马兰奇一直对邓亚萍寄予厚望，每次见到她，萨马兰奇都会说："记住，你一定要回到你的国家做事。"萨马兰奇希望邓亚萍硕士毕业后，归国为中国服务。

邓亚萍一直对萨马兰奇心怀感激，她觉得萨翁不仅在教她做事，更是在教她做人。硕士毕业后，她马上回到中国工作。而回国不久，邓亚萍就收到了剑桥大学的博士录取通知，她决定继续攻读博士学位。

二〇〇一年七月，当作为运动员代表的邓亚萍走上申奥讲台演讲的时候，萨马兰奇慈爱的目光一直看着这个姑娘。虽然他一句话也没说，但邓亚萍看得出，老人对中国的申奥演讲是满意的。

当萨马兰奇宣布第二十九届夏季奥运会的举办城市是北京时，邓亚萍觉得，"北京"这个词是世界上最美的单词。这一天，是萨马兰奇最后一次主持国际奥委会的会议，第二天他就将退休。萨马兰奇希望在任职期间让中国获得一次奥运会主办权的愿望终于实现了。

几天之后，萨马兰奇结束了在国际奥委会二十一年的主席任期，开始了他的退休生活。他说，自己从一名演员变成了一名观众，但这并不妨碍他继续关注邓亚萍。两个人一直保持着联系，像两个老朋友一样聊家常，聊乒乓球。

二〇〇七年，萨马兰奇来到北京，邓亚萍问他："二〇〇八年您会来北京吗？"

萨马兰奇点点头："是的，我会来的。只要我的健康状况允许，毕竟我已经上了年纪。我的梦想是来到中国，自始至终地观看明年的北京奥运会。我希望你们能够举办一场精彩的奥运会，我也希望这是奥运史上最好的一届奥运会。"

二〇〇八年八月，萨马兰奇以国际奥委会终身名誉主席的身份再次来到北京。墨西哥主流报纸《太阳报》对他进行采访时，老人高兴地说："北京奥运会是目前我所看过的奥运会中最好的一届。"

萨马兰奇和邓亚萍的友谊一直都是世界体坛的一段佳话。他们的年龄、地位悬殊，但他们相互尊重，彼此欣赏。邓亚萍永远记得第一次见到萨马兰奇时的情景，那位慈爱潇洒的老人是她这一生中最重要的朋友。

二〇一〇年四月二十一日，萨马兰奇因病去世了。邓亚萍非常悲痛，她深情地说："萨翁对我个人发展，包括人生道路如何去走，都有很大启发。我去学习，以及我后来的工作，他都向我提出了很多有用的建议。大家看到的赛场上的支持只是一方面，他对我的关心更多的是对未来人生的规划。萨翁离世，不光对奥林匹克，对整个体育界都是一个巨大的损失。"

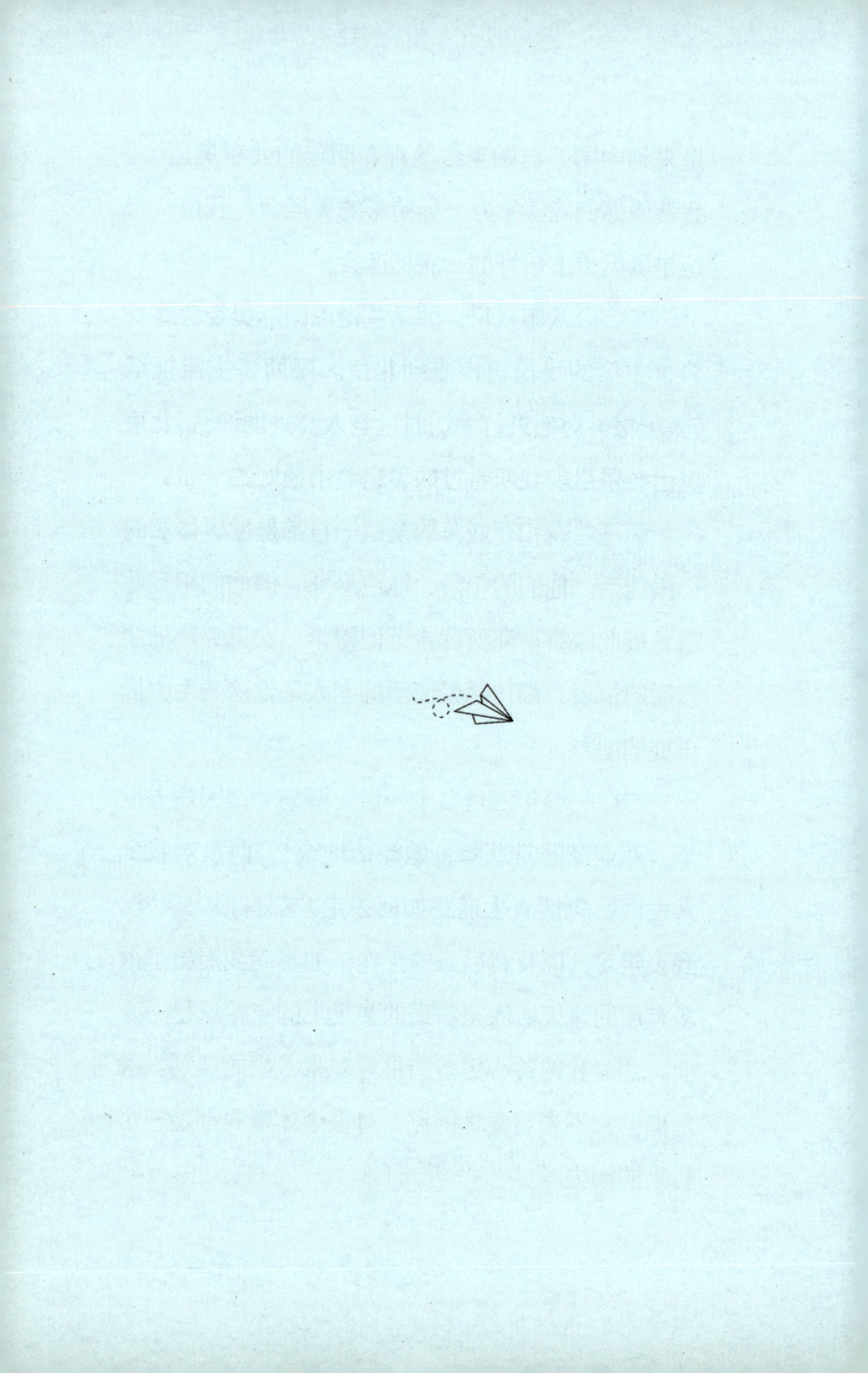

邓亚萍也有拖延症

邓亚萍也有害怕的事情,那就是写稿。

每次需要写稿子的时候,她都会坐在电脑前磨磨蹭蹭,一个字也写不出来。其实并不是她不会写,很多时候要写的内容她已经讲过多次,但就是迟迟不想动笔写下来。

邓亚萍曾在网上开设了一个课程,这个课程虽然是语音课,但是需要她把文字稿写出来。每节课时长七分钟,只需要写一千多字。然而,每次邓亚萍都要花一天时间才能完成。

邓亚萍知道,这是自己的拖延症犯了,但自己是一个意志坚定的人,怎么会故意拖延呢?她去请教了研究拖延症的心理学专家,这才知道,做事效率不高，不一定和意志力有关，而是因为人们总是会先选择容易完成的事情去做。所以，要解决这个问题，只能将一个大的任务分解成多个小任务，逐个去完成。

于是，邓亚萍不再强迫自己完全构思好一口气写完稿子，而是什么都不想就动手写。不去想篇章结构，不去想材料是否收集完全了，也不管表达是否准确，先写起来，其他的再慢慢调整和修改。这样试了几次后，邓亚萍发现写作的速度快了很多，一篇稿子可以很快完成了。她深深体会到，只要迈出了第一步，就会有信心做得更好。

这个方法她在读博写论文的时候也用过。学术经验还不丰富的邓亚萍面对写作的材料，觉得要把它们组织成一篇博士论文几乎是不可能完成的任务。导师看到邓亚萍无从下手，就教给她一个办法：先不要着急写一整篇出来，就从拆文章开始，了解别人的文章结构，再分析每个段落都写了什么，研究别人的遣词造句，然后一个部分一个部分去模仿和练习，最后再一个部分一个部分地写自己的论文，一篇文章很快就能完成。

这样的写作方式因为每次只完成一个部分，降低了整篇写作的难度，最后整体合成的时候，邓亚萍获得了写作的成就感，从此她不再害怕写作。

其实，不只是写文章，刚开始学英语时，邓亚萍也会有拖延症发作的时候。

因为自己底子差，要学习的东西太多，邓亚萍每天都要学习十四个小时，不停地背单词，练听力，做阅读题。

刚开始的时候，这样的学习状态还能保持，但几周以后，邓亚萍发现，人的意志力是有限的，这种"打鸡血"式的学习方式有时候效率并不高，也很难坚持。

多年自律养成的训练习惯让邓亚萍很快调整好了自己。她知道即使是顶级的运动员，反复做同样的事也会感到倦怠，要解决这个问题只能求助于专业运动心理学。运动心理学提出，如果把要做的事和一个具体的场景联结在一起，给大脑明确指示——我到了X场景，就要做Y事——那么，这件事就更容易成功。

邓亚萍熟悉的领域是乒乓球训练和比赛，于是她把背单词这件事想象成在训练场上练球。邓亚萍告诉自己，每次拿起英语书，要像是来到了球场上。训练时每天要完成正手击球五百个，现在只要坐到书桌前就要背二十个单词。

这样持续了一段时间后，邓亚萍养成了新的习惯，只要坐到书桌前，不管怎样都要背二十个单词，如果坐下来不背单词就难受。这个习惯让邓亚萍的英语水平突飞猛进。

国家队的队员们训练发球的时候，经常会在球台上涂一层蜡。在特别滑的球台上打球不仅会增加队员们训练的难度，而且可以让队员们更好地适应国际比赛，因为国际比赛的球台很滑，而国产的球台有点涩。

邓亚萍学英语的时候想到了这个训练的细节，她意识到如果只是每天傻傻地背许多单词，虽然也能积少成多，但不如提前做好设计，每天背哪些单词，用什么方法去背，更能提高效率。这种练习方式被称为"刻意练习"，对运动员来说，就是要求每个动作都有精确定义的目标和计划，而且要有有效的反馈。当运动员找到自己的优势和劣势之后，才能有针对性地去提升成绩。

心理学对拖延症产生的原因有一种解释是，如果任务的难度较大，人会产生畏难情绪。一旦产生畏难情绪，就会用拖延的方式缓解自己的焦虑。面对难题，仅仅用强大的意志力是无法解决的。邓亚萍深知这一点，所以她从来不回避问题。当自己对某件事产生拖延情绪的时候，她就会想办法去解决。

在剑桥大学的时候，邓亚萍为了写好毕业论文，放弃了春节回家和家人团聚的机会。她买来好多速冻饺子，把自己关在屋里专心写论文，二十多天没有下过楼。临近博士论文答辩的时候，邓亚萍的心里非常忐忑。她向导师寻求帮助，导师却表示答辩的时候导师需要回避，只能靠她自己。

从导师的办公室走出来的时候，邓亚萍有些心灰意冷。论文答辩不是乒乓球比赛，在赛场上她知道怎么应对最困难和最复杂的局面，但博士论文答辩她从来没有经历过，该怎么办呢？经过冷静的思考，邓亚萍找到了应对的方法。她每天都坐在书桌前，认真地将论文梳理了一遍又一遍，直到把所有内容都刻在脑子里。

答辩的时刻到了。邓亚萍自信满满地走进教室，她从书包里拿出厚厚的论文，啪的一声放在桌上，从容地对答辩委员们说："论文的内容都在我的脑子里，我不需要看论文，请大家尽管提问。"

答辩委员们看着这个东方面孔的小个子女生，满脸不可思议，但每个人都对她的自信充满了赞赏。

经过三个小时，邓亚萍顺利通过了答辩。她长舒了一口气，仿佛刚刚进行的不是论文答辩，而是打赢了一场球。原来，当邓亚萍发觉自己对答辩有畏惧情绪的时候，她就决定在充分准备的基础上，运用一些唤醒和提升自己自信的举动，让自己有更多的胜算。把论文用力放在桌上的那个动作，对答辩委员们说的话，都是邓亚萍唤醒自信的举动。

邓亚萍把这一切写到一本叫《心力》的书里，她告诉大家，要真正战胜拖延症只有一个办法，就是找到问题的根源所在，用科学的方法去克服困难。

长大后我要成为你

二〇〇四年十月,邓亚萍和恋爱多年的男朋友林志刚结婚了。他们没有举办婚礼,领了结婚证,把双方父母接到家里吃了一顿饭,就算是结婚了。

林志刚原来也是中国乒乓球队的队员,退役后到法国的飞跃俱乐部去打球了。

二〇〇六年三月六日,三十三岁的邓亚萍做妈妈了,她在法国巴黎的一家医院里生下了一个男孩。孩子刚出生,邓亚萍就为他申请了中国国籍。夫妻俩给孩子取名林瀚铭。"瀚"象征着浩瀚的海洋,希望他以后胸襟开阔;"铭"是铭记的意思,希望他能铭记自己是中国人。

生下孩子后的邓亚萍还在读博,又有很多社会工作，因此只能把孩子留在奶奶家。因为和邓亚萍相处少，刚学会说话的孩子看到偶尔回来的邓亚萍，竟然叫她阿姨。

邓亚萍心里很难过，尽量抽时间来照顾孩子，她耐心地告诉儿子："我是你妈妈，叫我妈妈。"

儿子认真地点点头，轻声喊道："阿姨妈妈。"

尽管心酸，但手里的工作还是让邓亚萍和儿子聚少离多。不过，儿子成长之路上的重要时刻邓亚萍从未缺席。邓亚萍在剑桥获得博士学位的时候，林志刚也带着两岁的儿子参加了妈妈的毕业典礼。

人们以为爸爸妈妈都是优秀的乒乓球运动员，孩子也会打乒乓球，邓亚萍会把自己最拿手的技术都传授给儿子，但夫妇俩并没有要求儿子对乒乓球产生兴趣，而是任由他去练习篮球、足球和羽毛球。林瀚铭曾经练过一段时间的篮球，他在球场上敢打敢拼的风格很像妈妈。

林瀚铭九岁的时候，家庭的耳濡目染，加上邓亚萍的引导，小家伙开始喜欢上了乒乓球。九岁才开始训练，确实有些晚了。如果他先练基本功，从正手和反手的各种技术开始练习，或许很快就会失

长大后我要成为你

去兴趣和信心。

邓亚萍为了让儿子对乒乓球产生兴趣，就教了他一个快速赢球的方法——练好发球，训练的时候也只练发球这一招。

发球的练习看似枯燥乏味，打出的球变化不多，无非也就是转、不转，或是侧旋、上旋、急球，但扎实的发球训练能让运动员产生肌肉记忆，容易让新手在比赛时占得先机，产生成就感。

儿子起初发过来的球虽然打到了要求的落点，但几乎都是无效的，毫无杀伤力。邓亚萍看到了，就在球台的另一边放了一块板子，建议他说："这些点你都别练了，用侧身位，发直线长球，打到那块板子上。"

儿子虽然不懂邓亚萍为什么要他这样做，但还是很听话地发了两个半小时的球，而且尽量把球发到那块板子上。

第二天，儿子再上球台和别人比赛的时候，他练的发球突然就奏效了，每次发球都稳、准、狠，而且第一次打赢了对手。他兴奋地问邓亚萍："妈，这是什么绝招？"

邓亚萍笑着说:"哪里有什么绝招,这无非就是精准练习。很多人以为练基本功要面面俱到,什么都要练,其实战略上要均衡全面地发展,但首先要练出自己的核心技能。这个技能是你自己独有的,能让你感受到成功的快乐,也能让你进步的核心技能。"

儿子立刻点点头,邓亚萍知道,他相信自己教他的这种方法了。她不由得想到自己小时候,父亲邓大松也和其他教练不同,他一直要求邓亚萍练习正手。邓亚萍后来才明白,那个时候练成的正手优势一直伴随了她的整个运动生涯。

在邓亚萍的指导下,林瀚铭练得更起劲儿了。邓亚萍只要一有时间,就会陪儿子练球。她对儿子的训练要求很严格,但不要求他像自己一样拼命去练。

经过一段时间的训练,二〇二〇年,十四岁的林瀚铭第一次参加北京市青少年乒乓球锦标赛就夺得了冠军。接下来的三届北京市青少年乒乓球锦标赛中,林瀚铭都有金牌入账。他的球风犀利,充满爆发力。

看到儿子取得的成绩，邓亚萍没有要求他像自己一样报名进入国家队，而是希望他能够在乒乓球上找到属于自己的快乐，把打球当作一种享受和兴趣。

邓亚萍帮儿子分析，他想去的学校前一年乒乓球特招生名额只有一个，要想进这所学校，只有刻苦练习。林瀚铭听从了邓亚萍的安排，寒假也接受集训。那一年的大年三十林瀚铭是一个人在训练队度过的。

如今的林瀚铭已经是一个身高一米八的小伙子了，但他在邓亚萍面前仍然是个大男孩。在一次采访的时候，他由衷地说："在我比赛输球的时候，自己没自信的时候，妈妈依然鼓励我，去帮我总结这场比赛赢在哪里，输在哪里。我觉得这是我以后非常需要的东西。"

二〇二三年第一届全国学生（青年）运动会上，林瀚铭获得了团体亚军，双打第五名。面对这样的成绩，邓亚萍说："胜败乃兵家常事，重要的是看到差距，知道自己努力的方向。"她鼓励儿子说，"没关系，下次再来，继续加油。"虽然儿子不一定能像她一样成为世界冠军，但邓亚萍希望他能从打乒乓球中获得乐趣，不断进步。

　　有人把邓亚萍教育儿子的方式称为"教练式育儿"。邓亚萍并不反感这种说法，她觉得自己确实是像带运动员一样带孩子，当孩子遇到困难的时候为孩子分析清楚利弊，选择正确的方向，并在执行过程中找到最佳作战方法。林瀚铭在乒乓球运动上也许不能达到邓亚萍的高度，但他也会跟妈妈一样追求梦想，永不言弃。

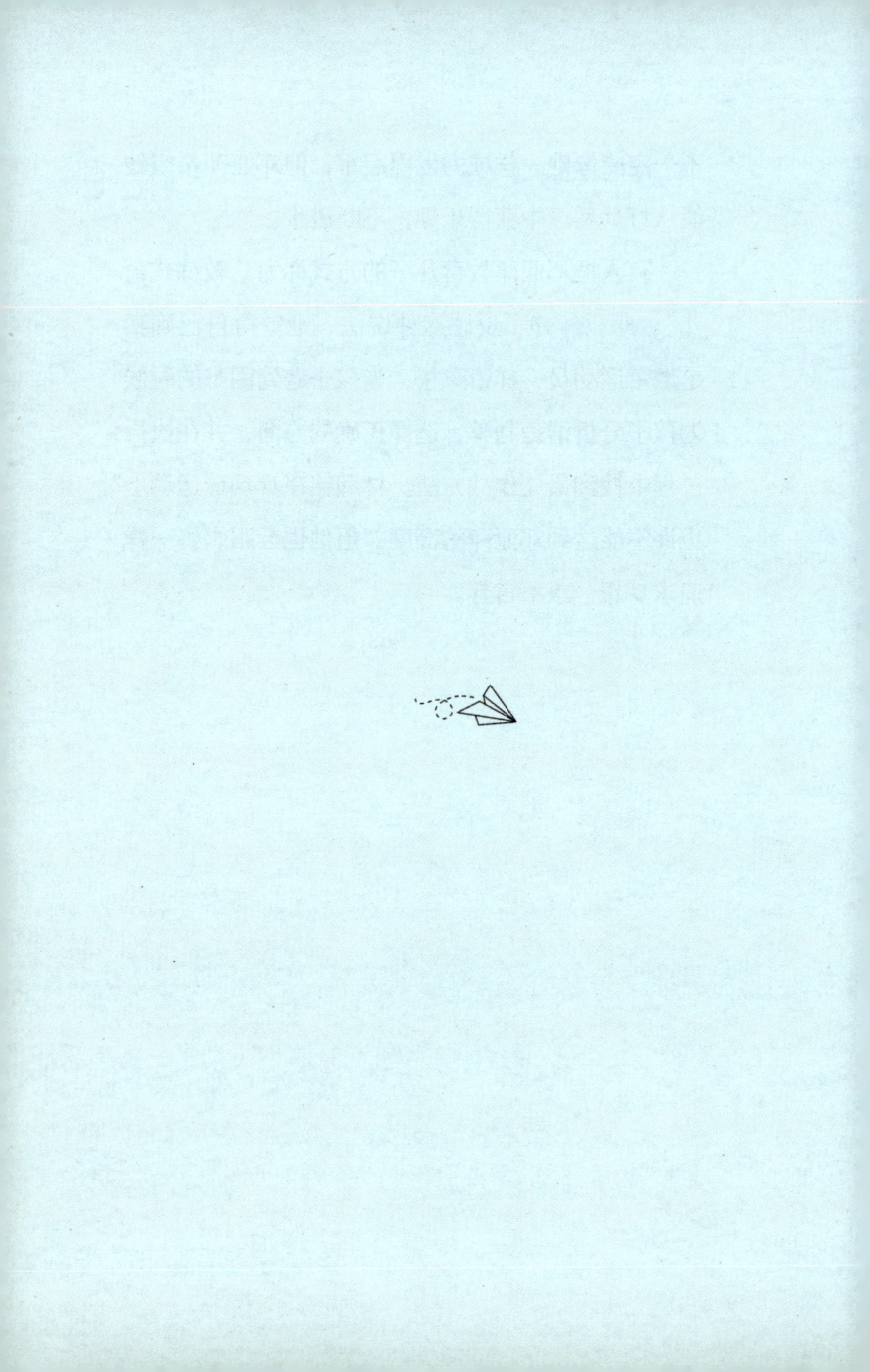

永不服输

几乎每一名运动员都有着难解的奥运情结。邓亚萍在奥运会上一共拿了四枚金牌,已经是多少人难以实现的梦想,但是,她和奥运会的缘分还不止于此。一九九三年,还在国家队的邓亚萍曾经作为中国运动员代表,参与了北京申办二〇〇〇年夏季奥运会的工作,可惜的是,当时北京以两票之差输给了悉尼。不过,中国人的奥运梦并没有就此结束。在全国人民的期盼下,一九九九年,北京再次向国际奥委会提交了主办二〇〇八年夏季奥运会的申请。

二〇〇一年七月十三日晚,邓亚萍作为运动员代表在莫斯科世界贸易中心为北京申奥进行陈述。

这次陈述至关重要,短短两分钟的发言稿,邓亚萍进行了无数次的修改,在等待入场的间隙,她还在反复背诵发言稿。

轮到邓亚萍陈述了,她带着稿子走上讲台,她想着自己如果忘词,可以看一眼稿子。可是她站上讲台,面对萨马兰奇主席和其他国际奥委会委员的时候,她的思路变得异常清晰。她用英语流利地对大家说:"我们谨代表全体中国运动员和四亿中国青少年,站在这里向您陈述……我们梦想着有一天能够在北京举办奥运会,让我们有机会回报全世界朋友的友好和情谊……"

邓亚萍的发言赢得了热烈的掌声。为了能够用英语完成这两分钟的讲话,她像小时候训练一样,一丝不苟地一个单词一个单词地背诵,一个句子一个句子地啃下来……由于参加申奥陈述,邓亚萍没赶上清华大学的毕业典礼,外语系还特意为她举办了一个人的毕业典礼。

当天,中国乃至全世界的观众都通过电视转播,看到了包括邓亚萍在内的中国代表团的优异表现,结果也是众望所归:北京赢了!

永不服输

到了二〇〇八年，中国人期盼已久的北京奥运会终于到来了，而邓亚萍身上的担子也更重了。她担任奥运村部副部长兼奥运村办公室副主任，大家都亲切地称她为奥运村"村长"。

因为当过运动员，邓亚萍更加了解运动员的需要，早在建设奥运村的时候，她就想了很多办法，要求每一个细节都精益求精：比如衣柜的挂钩不能太高，让坐轮椅的运动员够得着；抽屉和柜子要用U形把手，这样无臂的运动员也能轻松打开……

这个时候，邓亚萍的英语已经非常好了，她可以用英语跟来自世界各地的运动员交谈。在北京奥运会期间，奥运村住进了一万六千名运动员和随队人员。作为村长的邓亚萍，和团队一起出色地完成了任务，让运动员们在奥运会期间，有一个舒适的"家"，不仅保持良好的比赛状态，还能在这个"家"里加深对中国的了解，认识更多来自世界各地的朋友。退役多年，邓亚萍一直关注着中国的体育事业，竭尽所能地贡献自己的力量。

二〇一九年七月八日，邓亚萍应邀来到清华大学人文学院，在二〇一九届毕业典礼上讲话。当初，邓亚萍在清华大学学习，不仅是为了圆自己的求学梦，也是为了让自己有更强大的力量为体育事业发光发热。

邓亚萍用自己的经历和感悟激励像她一样心怀梦想的年轻人：

"我第一次毕业，是从乒乓球队退役，最大的成就不是那些金牌，而是证明了个子矮的运动员同样可以拿世界冠军。以前那些因为个子矮、在第一轮就会被教练刷下来的小队员，在邓亚萍出现之后，获得了更多的机会。

"第二次毕业，是学业上的毕业。我拿到的不仅是一张文凭，而且向后来人证明了运动员也能来读书！运动员不等于'四肢发达、头脑简单'！

"现在，我期待着第三次毕业。我希望能让性别不再成为世人关注的焦点。从今天这一刻起，我祝福你们能够放下一切，从零开始。只有一点，希望能留在你们的心里，那就是咱们清华人的'骄傲'。我们是可以打破所有的偏见，但有一个'偏见'希望你们能留在心中，那就是'自强不息，厚德载物'。

"君子应该像天宇一样运行不息,即使颠沛流离,也不屈不挠;如果你是君子,接物度量要像大地一样,没有什么东西不能承载。我们的每一个选择、每一项工作,不仅仅是为了自己,应该是为了更广阔的人群,为了人民,为了祖国,最终应该是为了整个人类。"

……

萨马兰奇曾这样评价邓亚萍:邓亚萍那种不服输的劲头,代表了运动员的风貌,也完美地诠释了奥林匹克的运动精神。

对于邓亚萍来说,奥林匹克精神是一种生活态度,不服输的性格让她始终保持乐观的精神和对美好生活的热爱与追求。这种积极乐观的生活态度让邓亚萍拥有了战胜一切的强大动力,也拥有了幸福美好的人生。